前　言

人类文明的发展，意味着人类智谋的萌生。智谋象征着文明，也在不断地推动着文明的进步和发展。在这渐进的过程中，智谋就有形或无形地生成，也在自觉或不自觉地被运用。古往今来，在中国的大地上，由不同时代的人们代代相续上演的故事，在某种程度上可以说是智谋的生成史、运用史。

智谋，在政治、军事、经济、生活中起着极为重要的作用。运筹帷幄之中，决胜千里之外，一个高明的智谋所起的作用，无法以物质的价值和金钱来衡量。一部中国历代社会发展史，也是一部智谋的创造史和实践史，无时无处不闪烁着人类智慧的光芒。

现代社会生活中大到国家的政略、战略，小到人际间的交往，莫不与智谋休戚相关。因此，发掘古代宝贵的智谋遗产，古为今用，承前启后，启迪现代人的聪明才智，无疑是一件意义重大的工程，理应得到社会的高度重视。鉴于此，我们编选了这部《智囊》。

本书取材于明代著名文学家冯梦龙编著的《智囊》，对中国自古以来有关智谋韬略的经典理论、历史案例和著名故事进行了全面梳理和编撰，甄选了数百个最具典型性的智谋故事，涉及政治、经济、军事、外交、科技等诸多领域，展现了古代人民在安邦定国、出征打仗、外交谈判、平叛治乱及经商贸易、待人接物等方面的智慧与谋略。

冯梦龙（1574—1646），字犹龙，又字公鱼、子犹，别号龙子犹、墨憨斋主人等。《智囊》一书是冯梦龙在明熹宗天启六年（1626）的闲暇之余采撷当时仅见的一些稗官野史、小说大观以及笔记丛谈等古代文献中有关智慧的各种故事、传说，加以分类排比编辑而成的。全书可分“上智”“明智”“察智”“胆智”“术智”“捷智”“语智”“兵智”“闺智”“杂智”等十大部，是一部公认的用于排忧解难、克敌制胜的处世奇书，也是中国文化史上一部包罗万象的智谋锦囊。该书辑录了古代人运用智慧来解决困难的一千多则小故事，故事既反映了帝王将相文人名士在政治、军事、外交方面的大谋略，也反映了士卒、妇女、奴仆、僧道、农夫等下层百姓日常生活中的小奇智。本着“取其精华，弃其糟粕”的原则，我们对其进行了精选和释译，使读者在轻松愉悦的阅读中，达到古为今用、学以致用的效果。

本书编排严谨，校点精当，并配以精美的插图，以达到图文并茂、生动形象的效果。此外本书版式新颖、设计考究、双色印刷、装帧精美，除供广大读者阅读欣赏外，更具有极高的研究、收藏价值。

编者

2018年1月

目　录

上智部

明智部

察智部

胆智部

术智部

捷智部

语智部

兵智部

闺智部

杂智部

上智部

总叙

【原文】

冯子曰：智无常局，以恰肖其局者为上。故愚夫或现其一得，而晓人反失诸千虑。何则？上智无心而合，非千虑所臻也。人取小，我取大；人视近，我视远；人动而愈纷，我静而自正；人束手无策，我游刃有余。夫是故，难事遇之而皆易，巨事遇之而皆细。其斡旋入于无声臭之微，而其举动，出人意想思索之外。或先忤而后合，或似逆而实顺。方其闲闲，豪杰所疑；迄乎断断，圣人不易。呜呼！智若此岂非上哉！上智不可学，意者法上而得中乎？抑语云："下下人有上上智"，庶几有触而现焉？余条列其概，稍分四则：曰《见大》，曰《远犹》，曰《通简》，曰《迎刃》，而统名之曰"上智"。

【译文】

冯梦龙说：智谋的运用没有一定的模式，以运用自如、顺应情势为最佳。所以愚笨的人有时也会有一得之见，聪明的人思虑再多也难免有失误的地方。为什么呢？因为上等的智谋是出乎自然又合乎事理的，并非只凭千思万虑就能得到。因此，在运用智谋的时候，一般人多从小的、局部的方面去考虑问题，而具有上等智慧的人则从大的、全局的方面去考虑问题；一般人只注重眼前的得与失，而具有上等智慧的人则考虑得更加长远；一般人遇事容易急躁忙乱而使得事情越来越糟糕，而具有上等智慧的人则镇静自若使事态归于正常；一般人遇到事情便束手无策，而具有上等智慧的人处理事情则得心应手、游刃有余。因此，再困难的事到了具有上等智慧的人的手上也变得容易简单，再大的事到了具有上等智慧的人的手里也成为了区区小事。这样，虽然说他们不声不响地在运筹帷幄，然而他们的举动又常常出乎人的意料之外。或开始抵触而后来相合，或看似矛盾而实际顺和。看他们开始时那种若无其事的样子，纵然是英雄豪杰看到了也难免会引起怀疑；然而等到他们如快刀斩乱麻般毅然决然地做出决定的时候，纵然是一些圣贤的人也只能望尘莫及。啊！如此这般，岂不是达到了运用智谋的最高境界吗？上等的智谋，不是每个人都能学到。即使是有心学习上等智慧的人，充其量也只不过得到中等智慧罢了。俗话讲："最下等的人也有最上等的智慧。"这大概是遇到事情时灵感的偶然碰撞中闪现出来的智慧火花吧？下面，我把这种智慧实录出来稍加概括，分为四卷：《见大》《远犹》《通简》《迎刃》，统称其为上等的智慧。

诸葛亮

【原文】

有言诸葛丞相惜赦者。亮答曰："治世以大德，不以小惠，故匡衡、吴汉不愿为赦。先帝亦言：'吾周旋陈元方、郑康成间，每见启告，治乱之道悉矣，曾不及赦也。'若刘景升父子岁岁赦宥，何益治于乎？"及费祎为政，始事姑息，蜀遂以削。

【译文】

三国时，有人责备蜀汉丞相诸葛亮不轻易赦免罪犯，诸葛亮针对这种意见解答说："治理国家要从大方面施行德政，不应靠施以小恩小惠来笼络人心，因此匡衡（西汉元帝的丞相）、吴汉（东汉光武帝的大臣）都不希望国家法制松懈。先帝（指刘备）也曾经说过：'我和陈元方（名纪，东汉末年曾任尚书令、大鸿胪）、郑康成（名玄，东汉末年大学问家，曾任大司农）的交往之中，在他们的书信、言谈里对国家治乱的道理讲得非常详尽透彻，却不曾谈到要赦免宽宥一类的情况。'像刘景升（名表，汉宗室，东汉末年割据荆州，死后，其子刘琮即位，不久即降曹操）

诸葛亮

父子那样，年年施行赦免宽宥，这对于治理国家又有过什么好处吗？”等到费祎继任诸葛亮执掌蜀汉大政以后，开始施行宽赦姑息的国策，结果蜀汉的国力从此便开始削弱了。

汉光武帝

【原文】

刘秀为大司马时，舍中儿犯法，军市令祭遵格杀之。秀怒，命取遵。主簿陈副谏曰：“明公常欲众军整齐，遵奉法不避，是教令所行，奈何罪之？”秀悦，乃以为刺奸将军，谓诸将曰：“当避祭遵。吾舍中儿犯法尚杀之，必不私诸将也。”

【译文】

刘秀在更始帝刘玄手下任大司马时，他的一个家僮犯了法，担任军市令的大将祭遵依军法把他杀了。刘秀十分恼怒，当即下令将祭遵抓了起来。主簿陈副劝阻说：“明公经常想整肃军容军纪，现在祭遵执法毫无避讳袒护，正是想让您的法令畅行无阻啊，为什么还要怪罪他呢？”刘秀听了转怒为喜，这才又放了祭遵，并封他为刺奸将军，刘秀对众将说：“你们都要自觉地遵守军纪，不要妨碍祭遵执法。我的家僮犯了法尚且被杀，祭遵也必定不会包庇你们的！”

燕昭王

【原文】

燕昭王问为国。郭隗曰：“帝者之臣，师也；王者之臣，友也；伯者之臣，宾也；危国之臣，虏也。惟王所择。”燕王曰：“寡人愿学而无师。”郭隗曰：“王诚欲兴道，隗请为天下士开路。”于是燕王为隗改筑宫，北面事之。不三年，苏子自周往，邹衍自齐往，乐毅自赵往，屈景自楚归。

【译文】

燕昭王问郭隗治理国家的方法，郭隗说：“能够成就帝业的人，必然会把他的臣子视为老师；能成就王业的人，必然会把他的臣子视为朋友；能够成就霸业的人，必然会把他的臣子视为宾客；而即将亡国的人，则会把他的臣子当作奴仆。大王您想成就什么样的事业，请您自己拿主意吧。”燕王说：“寡人很想学习，但却没有老师。”郭隗说：“大王如果诚心想要学习兴国之道，我郭隗情愿为天下的士人开路。”于是燕王便为郭隗改建宫室，执学生之礼。不到三年，苏秦从东周洛阳而来，邹衍从齐国而来，乐毅从赵国而来，屈景也从楚国回到了燕国。

王猛

【原文】

猛督诸军十六万骑伐燕。慕容评屯潞州。猛进与相持，遣将军徐成觇燕军。期日中，及昏而反，猛怒欲斩成。邓羌请曰：“贼众我寡，诘朝将战，且宜宥之。”猛曰：“若不斩成，军法不立。”羌固请曰：“成，羌部将也，虽违期应斩，羌愿与成效战以赎罪。”猛又弗许。羌怒，还营严鼓勒兵，将攻猛。猛谓羌义而有勇。使语之曰：“将军止，吾今赦之矣。”成既获免，羌自来谢。猛执羌手而笑曰：“吾试将军耳。将军于郡将尚尔，况国家乎！”

【译文】

王猛统帅前秦十六万大军攻打前燕，前燕的将领慕容评此时统领燕军驻守在潞州。王猛率军前进，在潞州城外与燕军相持不下，于是派战将徐成去侦察敌情，约定正午返回，但徐成却到傍晚才回到军中。王猛大怒，要杀徐成。邓羌请求说："敌众我寡，明早就要开战，将军暂且原谅徐成的过错吧。"王猛回答说："如不处死徐成，军法的威严就不能建立。"邓羌再一次叩首请求说："徐成是我部下一将，虽然违背了约定的时间应当处死，但我愿与徐成一起拼死奋勇杀敌，将功补过。"王猛还是不肯答应。邓羌十分愤怒，回到营地后，命令部将擂响战鼓，整顿军队，准备去攻打王猛。王猛得知之后认为邓羌讲义气而有胆略，便派人转告邓羌说："将军请不要动武，我现在就赦免徐成。"徐成被赦免后，邓羌亲自来向王猛谢罪。王猛拉着邓羌的手笑着说："我刚才是在考验将军，你对部将都能如此爱护，对于国家就更不用说了。"

范文正

【原文】

范文正公用士，多取气节而略细故，如孙威敏、滕达道，皆所素重。其为帅日，辟置僚幕客，多取谪籍未牵复人。或疑之，公曰："人有才能而无过，朝廷自应用之。若其实有可用之材，不幸陷于吏议，不因事起之，遂为废人矣。"故公所举多得士。

【译文】

北宋的范仲淹（谥号文正）任用人才时，多注重人的气节而不计较细小的过失，如对孙威敏、滕达道等人，他平日都是极为器重的。他在边关担任主帅时，所召纳的幕僚宾客，许多是被贬职流放边地而还没有再被起用的人。有人对他这种做法不解，范文正公解释说："如果一个人既有才干又无过失，朝廷自然应该任用他。如果一个人确实具有可用的才能，却不幸遭到其他官员的非议而被流放至此，除非国家有什么特殊的需要而起用他，否则，他就永远成为废人了。"因此，范仲淹所举用的人士确实多数是有用的人才。

范仲淹

张飞

【原文】

先主一见马超，以为平西将军，封都亭侯。超见先主待之厚也，阔略无上下礼，与先主言，常呼字。关羽怒，请杀之，先主不从。张飞曰："如是，当示之以礼。"明日大会诸将，羽、飞并挟刃立直。超入顾坐席，不见羽、飞座，见其直也，乃大惊。自后乃尊事先主。

【译文】

蜀汉先主刘备初见到马超，就很器重他，任命他为平西将军，封为都亭侯。马超见刘备对他很好，在与刘备相见时疏忽君臣、尊卑的礼节，和刘备讲话时，常常直呼其字（玄德）。关羽对此很生气，要求刘备杀掉马超，刘备不同意。张飞见此说道："既然如此，咱们就做个榜样，让他知道如何去遵守礼法。"第二天，刘备召集全体部将议事，关羽、张飞带着刀直立在刘备两旁。马超进来后，只顾入座，不见关羽、张飞在座席上；抬头一看，见他俩规规矩矩地站在那儿侍卫，当时心中大吃一惊。从此以后他十分尊重先主刘备。

李渊

【原文】

李渊克霍邑，行赏时，军吏拟奴应募不得与良人同。渊曰："矢石之间，不辨贵贱。论勋之际，何有等差？宜并从本勋授。"引见霍邑吏民，劳赏于西河，选其壮丁，使从军，关中军士欲归者，并授五品散官，遣归。或谏以官太滥，渊曰："隋氏吝惜勋赏，致失人心，奈何效之？且收众以官，不胜于用兵乎？"

【译文】

唐高祖李渊自太原起兵反隋，第一仗就攻下霍县（今属山西）城。

在论功行赏时，军中有些官吏认为，那些奴仆出身从军的人不能和平民出身从军的人按同样标准行赏。李渊说："冲锋陷阵的时候，不分什么贵贱，今天论功行赏的时候，为什么要有等级差别？应该一样地按本人的战功大小加以赏赐。"他又在西河接见并且犒劳了大批的霍县官吏和村民，并且从县中选拔壮丁，召他们参军。有些关中的将士想回家的，都封他们为五品散官，送他们回去。此时有人进谏说，这种封官方法太轻率了，李渊说："隋朝杨氏就是因为舍不得加官封赏，以致失去民心，我们为什么要效仿他们呢？况且，我用官职来收揽民众之心，不比用兵打仗好得多吗？"

李愬

【原文】

节度使李愬既平蔡，械吴元济送京师。屯兵鞠场，以待招讨使裴度。度入城，愬具櫜鞬出迎，拜于路左。度将避之，愬曰："蔡人顽悖，不识上下之分数十年矣。愿公因而示之，使知朝廷之尊。"度乃受之。

【译文】

唐元和十二年（817），邓州节度使李愬攻下蔡州（治所在今河南唐河），平复了吴元济的叛乱，将吴元济装入囚车押往京都长安。出发前又集中部队于蔡州鞠场（类似现代足球场），等候招讨使裴度到来。裴度入城时，李愬全副戎装十分庄严地出去迎接他，跪拜于道路左边。裴度正想谦躬避让，李愬阻止说："蔡州人野蛮强横，不知道尊卑上下之别已经有几十年了。请裴公借此机会让他们看一看，使他们知道朝廷威仪的尊严。"裴度这才受了李愬的大礼。

冯煖

【原文】

孟尝君问门下诸客谁习计会，能为文收责于薛者？冯煖署曰“能”。于是约车治装，载券契而行。辞曰：“责毕收，以何市而反？”孟尝君曰：“视吾家所寡有者。”煖至薛，召诸民当偿者悉来，既合券，矫令以责赐诸民，悉焚其券，民称“万岁”。长驱至齐，孟尝君怪其疾也，衣冠而见之曰：“责毕收乎？”曰：“收毕矣。”“以何市而反？”煖曰：“君云视吾家所寡有者，臣窃计君宫中积珍宝，狗马实外厩，美人充下陈，君家所寡有者，义耳！窃以为君市义。”孟尝君曰：“市义奈何？”曰：“今君有区区之薛，不拊爱子其民，因而贾利之。臣窃矫君命以责赐诸民，因焚其券，民称万岁，乃臣所以为君市义也。”孟尝君不悦，曰：“先生休矣。”后期年，齐王疑孟尝，使就国。未至薛百里，民扶老携幼争趋迎于道。孟尝君谓煖曰：“先生所为文市义者，乃今日见之。”

【译文】

孟尝君问门下食客谁熟悉账目，能到薛地去为他收回借贷。冯煖在他名下写道：“能。”于是置办了车马行装以后，便带上债券契约出发。临行前冯煖向孟尝君问道：“债务收完以后，应买些什么东西带回来？”孟尝君说：“你看我家缺少什么就买什么吧。”冯煖到达薛地以后，把百姓中欠债而应偿还的全都召来，当他把债券核实无误以后，便假借孟尝君的命令免去全部债务，并悉数把债券当场烧毁，百姓们高呼“万岁”。然后驱车直奔齐国。孟尝君对他如此迅速返回感到奇怪，便穿好衣服，戴好帽子接见了冯煖，问道：“债务收完了吗？”冯煖答道：“收完了。”又问：“你买了什么东西回来？”冯煖说：“你说应买你家所缺少的东西。我看到公子的宫中珍宝堆积如山，牲畜狗马充实外厩，美女比比皆是，公子家中缺少的就是仁义而已，我为您买了仁义带回来了。”孟尝君说：“你是怎样购买仁义的？”冯煖说：“如今公子仅仅拥有一

冯煖

个小小的薛地，但却不懂得如何爱护那里的百姓，还向他们放贷获利，因此我就假借公子的名义，把欠债都赏赐给了百姓，并把债券全部焚毁，百姓高呼‘万岁’。这就是在下为公子所买的仁义。”孟尝君听后明白是怎样一回事，脸上露出不高兴的神色，便只好对冯煖说道：“先生算了吧。”一年以后，齐王对孟尝君不再信任，产生了疑心，便让他回至封地。当孟尝君一行到达距薛地还有一百里的地方时，百姓们便扶老携幼，争先恐后地前往迎接。这时孟尝君才对冯煖说道：“先生为田文我所购买的仁义，终于在今天我才真正地见到了。”

徐达

【原文】

大将军达之蹙元帝于开平也，缺其围一角，使逸去。常开平怒亡大功。大将军言：“是虽一狄，然尝久帝天下，吾主上又何加焉？将裂地而封之乎，抑遂甘心也？既皆不可，则纵之固便。”开平且未然。及归报，上亦不罪。

【译文】

明朝大将军徐达在开平追击元顺帝时，故意放开一个缺口，使元顺帝得以逃走。开平王常遇春觉得丢掉了一大功劳而异常恼怒。徐达对他说：“他虽然是一个胡人，但已经称帝于天下很久了。抓住了他之后，我们主上该如何对待他呢？再把一些土地封给他呢，还是干脆把他处死呢？都不很妥当。既然都不行，那么让他跑掉就是最简便的办法了。”开平王一时并不赞同。等回来报告给太祖朱元璋，太祖也没有对这一举动加以怪罪。

范仲淹

【原文】

劫盗张海将过高邮，知军晁仲约度不能御，谕军中富民，出金帛牛酒迎劳之。事闻，朝廷大怒，富弼议欲诛仲约。仲淹曰："郡县兵械足以战守，遇敌不御，而反赂之，法在必诛。今高邮无兵与械，且小民之情，醵出财物而免于杀掠，必喜。戮之，非法意也。"仁宗乃释之。弼愠曰："方欲举法，而多方阻挠，何以整众？"仲淹密告之曰："祖宗以来，未尝轻杀臣下。此盛德事，奈何欲轻坏之？他日手滑，恐吾辈亦未可保。"弼不谓然。及二人出按边，弼自河北还，及国门不得入，未测朝廷意，比夜彷徨绕床，叹曰："范六丈圣人也！"

【译文】

盗贼张海将要经过高邮，地方官晁仲约估量自己势力单薄无法抵御，便告诉城中的富人，拿出钱帛酒肉前往慰劳。此事传出后，朝廷大怒，富弼提议要把仲约斩首。范仲淹说："郡县的军队和装备如果完全可以出战守卫，但却在遇到贼寇时不防御，反而贿赂盗贼，按法必处死刑。如今高邮既无军队，又无兵械，而按照百姓的心情，凑集金钱财物，让城中百姓免于杀戮，必定受到欢迎。如果将他处死，这不是法律的本意。"宋仁宗当即便把仲约予以释放。富弼气愤地说："正想执法行刑，却受到多方面的阻挠，将来怎么能够整治部众？"仲淹私下里对他说："从祖宗以来，从没有轻易杀戮过大臣。这是一件盛德之事，你怎么就想要随意破坏呢？有朝一日人杀得多了，恐怕我们都要性命难保了。"富弼却不这样认为。等到他们出使巡察边境，富弼从河北返京，但走到京城外围的时候却不让他们进去，不知朝廷是何用意，于是他整夜惶恐地绕床而走，感叹说："范仲淹真是圣人啊！"

姚崇

【原文】

姚崇为灵武道大总管。张柬之等谋诛二张，崇适自屯所还，遂参密议，以功封梁县侯。武后迁上阳宫，中宗率百官问起居。五公相庆，崇独流涕。柬之等曰："今岂流涕时耶？恐公祸由此始。”崇曰：“比与讨逆，不足为功，然事天后久，违旧主而泣，人臣终节也。由此获罪，甘心焉。”后五王被害，而崇独免。

【译文】

姚崇曾担任灵武道大总管。张柬之等人合谋诛杀张易之和张昌宗。适逢姚崇从屯驻处回到洛阳，他便参与了秘密商议，所以凭借功劳被封为梁县侯。武则天移居到上阳宫居住后，唐中宗带领百官前往问安，张柬之等五人都拍手庆祝，只有姚崇痛哭流涕。柬之等人说：“如今难道是你痛哭的时候吗？这样的话你就会有祸了。”姚崇说：“这与讨伐叛逆的功劳比起来，确实不算什么，但我跟随太后的时间很久，因为跟以前的主人相别离而哭，这是作为臣子应有的节操呀。如果以此获罪，我是心甘情愿的。”后来张柬之等五人相继被害，而只有姚崇独免杀身之祸。

孔子

【原文】

鲁国之法：鲁人为人臣妾于诸侯，有能赎之者，取金于府。子贡赎鲁人于诸侯而让其金。孔子曰：“赐失之矣。夫圣人之举事，可以移风易俗，而教导可施于百姓，非独适己之行也。今鲁国富者寡而贫者多，取其金则无损于行，不取其金，则不复赎人矣。”

子路拯溺者，其人拜之以牛，子路受之。孔子喜曰：“鲁人必多拯溺者矣。”

孔子

【译文】

春秋时，鲁国法律规定：鲁国人在别国当奴隶，如果谁能把他们赎回来，可以到鲁国国库中领取赏金。孔子的学生端木赐（字子贡）从其他的国家赎回了一个鲁国人，而将官府赏给他的奖金推却没有接受。孔子说："端木赐做错了。圣人制定法制、律令，是为了用来改变风俗，所以这些法令是首先让老百姓遵守的，而不是单独适合某些个别人的道德行为。现在鲁国富有的人少而贫穷的人多，领取赏金并不损害个人的德行，不领取赏金，就没有人再去赎更多的人了！"

孔子的另一个学生仲由（字子路）救了一个落水的人，这个人为表示感谢，送给他一头牛，子路收下了。孔子高兴地说："今后鲁国人中拯救落水者的事一定会多起来了！"

刘晏

【原文】

刘晏于扬子置场造船艘，给千缗。或言所用实不及半，请损之。晏曰："不然。论大计者不可惜小费，凡事必为永久之虑。今始置船场，执事者至多，当先使之私用无窘，则官物坚完矣。若遽与之屑屑较计，安能久行乎？异日必有减之者，减半以下犹可也，过此则不能运矣。"后五十年，有司果减其半。及咸通中，有司计费而给之，无复羡余，船益脆薄易坏，漕运遂废。

【译文】

唐朝时，刘晏在扬州设置造船场，每艘船给钱千串。有人说实际费用还不到这个数的一半，请求削减。刘晏说："不能那样做。讨论大事情的就不能吝惜小的费用，凡事必定要从长远考虑。目前刚开始设置造船厂，经办的人很多，应当先让他们使用私人费用时不感到窘迫，这样官物才能坚固耐用。如果一下子就和他们斤斤计较，事情怎么能做得长久呢？以后必然会有人削减船费的，如果所减不超一半尚可维持，超过一半就不能运营了。"五十年后，有关部门果然减少了一半。到咸通年间，有关部门按实际费用供给，没有一点多余，船只既脆又薄，极易损坏，漕运事业也就逐渐荒废了。

吕文靖

【原文】

仁宗时，大内灾，宫室略尽。比晓，朝者尽至；日晏，宫门不启，不得闻上起居。两府请入对，不报。久之，上御拱宸门楼，有司赞谒，百官尽拜楼下，吕文靖独立不动，上使人问其意，对曰："宫廷有变，群臣愿一望天颜。"上为举帘俯槛见之，乃拜。

【译文】

宋仁宗时，皇宫内发生火灾，宫室被焚烧殆尽。等到天刚亮的时候，上朝的官员都到来了；但直等到傍晚，宫门依然没有打开，大臣们都不能向皇上请安。两府官请求面见天子，也没有人传报。过了很久，仁宗才来到拱宸门楼，司礼官喝令群臣拜见，百官全都在楼下跪拜，唯独吕夷简直立不动。仁宗派人问他何意，夷简回答说："宫廷有变，大臣们都想面见天子龙颜才信。"于是仁宗命人拉开帘子，趴在窗边向下观看。大臣看清是天子以后，夷简这才下拜。

宋太宗

【原文】

孔守正拜殿前都虞候。一日，侍宴北园，守正大醉，与王荣论边功于驾前，忿争失仪。侍臣请以属吏，上弗许。明日，俱诣殿廷请罪。上曰："朕亦大醉，漫不复省。"

【译文】

北宋太宗赵光义时，孔守正任殿前都虞候。一天，在北园侍候太宗酒宴时，孔守正喝得酩酊大醉，与殿前指挥使王荣在太宗面前各论自己的战功，争执起来，很失礼仪。大臣们都忿怒，请求治孔守正的罪，太宗没有答应。第二天，他们两个一同到金銮殿上请罪，太宗说："朕昨天也喝得大醉，记不清昨天发生过什么事。"

宋真宗

【原文】

宋真宗朝，尝有兵士作过，于法合死，特贷，命决脊杖二十改配。其兵士高声叫唤乞剑，不服决杖。从人把捉不得，遂奏取进止。传宣云："须决杖后别取进止处斩。"寻决讫取旨，真宗云："此只是怕吃杖，既决了，便送配所。莫问。"

【译文】

宋真宗在位时期，曾有一兵士犯有过失，按法当死。但真宗却特别赦免，下令免他死罪，改判杖刑二十大板，发配外地。这一兵士却高声呐喊，乞求将他用剑杀了，也不愿受二十脊杖的处罚。众人制止不住，便奏告真宗处理。真宗传出诏令："必须执行杖刑后，再决定是否处以新刑。"兵士只得受杖二十。真宗说："他只是怕受杖责而已，既然已经判决了，便可押送发配之地。不要再问。"

曹参

【原文】

曹参被召将行，属其后相："以齐狱市为寄。"后相曰："治无大此者乎？"参曰："狱市所以并容也，今扰之，奸人何所容乎？"

参既入相，一遵何约束，惟日夜饮醇酒，无所事事。宾客来者皆欲有言，至，则参辄饮以醇酒；间有言，又饮之，醉而后已，终莫能开说。惠帝怪参不治事，嘱其子中大夫窋私以意叩之。窋以休沐归，谏参。参怒，笞之二百。帝让参曰："与窋何治乎？乃者吾使谏君耳。"参免冠谢曰："陛下自察圣武孰与高帝？"上曰："朕安敢望先帝！"又曰："视臣能孰与萧何？"帝曰："君似不及也。"参曰："陛下言是也。高帝与何定天下，法令既明，今陛下垂拱，参等守职，遵而勿失，不亦可乎？"帝曰："君休矣。"

吏廨邻相国园。群吏日欢呼饮酒，声达于外。左右幸相国游园中，闻而治之。参闻，乃布席取酒，亦欢呼相应，左右乃不复言。

【译文】

汉惠帝时，曹参为齐国丞相，萧何死后，曹参被惠帝召往长安接替萧何中央丞相职位。临别的时候，他嘱咐继他任齐相的人说："要把齐国的刑狱和集市作为坏人寄寓的地方。"继任的齐相问道："国家的政治没有比这些更重要的事情了吗？"曹参说："监狱和集市都是安排坏人的场所，你现在如果把它们搞乱了，把坏人安置到什么地方去呢？"

曹参做丞相后，只是按萧何原来的法规办事，他自己只是日夜饮酒作乐，没有出台什么新举措。来访的客人们都想跟他谈一些事，一到他那里，总是被曹参招待喝酒；其间想谈事，又被一个劲儿劝酒，直到被灌醉方才罢休，到底也没能说成什么事。汉惠帝刘盈责怪曹参不治理政事，就让曹参的儿子、中大夫曹窋私下里把自己的责备之意带去给曹参。曹窋以休息、沐浴为理由回家，劝谏曹参去治理朝政。曹参听了大怒，抽了曹窋二百鞭子。汉惠帝责问曹参说："你为什么要打曹窋呢？这是朕派他去劝你的呀！"曹参取下帽子行礼谢罪说："陛下自己仔细察觉察觉，陛下与高帝相比谁更圣明英武呢？"惠帝说："朕怎敢与高帝相比呢？"曹参又说："陛下看臣的才干与萧何相比谁更强？"惠帝说："你似乎比不上萧何。"曹参说："陛下所说的是呀。高帝与萧何平定了全国，

曹参

法令已经定得很清楚了，陛下无为而治，臣等谨守自己的职责，遵循着既定的法令不脱离，不就行了吗！”惠帝明白了曹参的心意，就对他说：“那你就去休息吧！”

官吏们办公的地方与相府的后花园挨得很近。衙门中的官吏们成天在衙中欢呼饮酒，喧哗声音传到墙外很远。曹参的随从们随他到后花园游玩，听到喧嚣的吵闹声，便想过去制止一下。谁知曹参听到隔墙的热闹声后，就命人摆席取酒，也欢呼喧闹，和衙中属吏们相呼应。曹参的随从们也不好再说什么了。

汉光武

【原文】

光武诛王郎，收文书，得吏人与郎交关谤毁者数千章。光武不省，会诸将烧之，曰：“令反侧子自安！”

【译文】

东汉光武帝诛杀了河北王郎后，收缴了许多书信文件，其中有自己身边的官员与王郎串通，对自己加以诽谤诬蔑的书信有几千件之多。刘秀不想看这些信件，就命令众将把文书都烧掉，他说：“让那些睡不着觉的人安心睡觉吧！”

诸葛孔明

【原文】

丞相既平南中，皆即其渠率而用之。或谏曰：“公天威所知，南人率服。然夷情叵测，今日服，明日复叛。宜乘其来降，立汉官分统其众，使归约束，渐染政教。十年之内，辫首可化为编氓，此上计也。”公曰：“若立汉官，则当留兵；兵留则口无所食，一不易也。夷新伤破，父兄死丧，立汉官而无兵者，必成祸患，二不易也。又夷累有废杀之罪，自嫌衅重，若立汉官，终不相信，三不易也。今吾不留兵，不运粮，纲纪粗定，夷汉相安。”

【译文】

孔明丞相平定南中以后，把当地的夷人首领全都加以任用。有人进谏说：“丞相的天威使野蛮的南人都顺服了。但夷人居心叵测，今天服从，明天又叛，反复无常。应乘他们归降之机，设立汉官，分别治理他们，使他们受到约束，逐渐地听从政治上的教化。不出十年，夷族都可变为汉人，这才是上策。”孔明说：“如果设立汉官，就必须留驻军队。留驻军队如没有军粮，这是第一个不容易。南中的夷族刚刚经历战争，有很多家破人亡的，如设汉官，但却没有军队，必然成为祸患，这是第二个不容易。这里的夷人多次犯下废杀官吏之罪，自感罪孽深重，若立汉官，终究不会相信，这是第三个不容易。如今既不留兵驻守，也不运送粮草，只是粗略地定了一下纲纪，使夷汉两族人民相安无事，这就足够了。”因此，诸葛亮在世之时，夷人和汉人和睦相处，再也没有叛乱。

张辽

【原文】

张辽受曹公命屯长社。临发，军中有谋反者，夜惊乱火起，一军尽扰。辽谓左右曰：“勿动。是不一营尽反，必有造变者，欲以动乱人耳。”乃令军中曰：“不反者安坐！”辽将亲兵数十人，中阵而立。有顷，即得首谋者，杀之。

【译文】

张辽接受了曹操的命令，在长社屯驻。将要出发之时，军中有人谋反，叛军在深夜纵火，制造混乱，致使军中都惊扰起来。张辽对左右随从说：“不要惊慌。这并非全营皆反，只是个别人在背后制造事端。他们只是企图扰乱人心而已。”于是便下令军中说：“没有造反的都要安坐不动！”张辽率领亲兵数十人，在军营中间站立。不大一会，就抓住了谋反的首领，将其斩首。

韩愈

【原文】

韩愈为吏部侍郎，有令史权势最重，旧常关锁，选人不能见。愈纵之，听其出入，曰：“人所以畏鬼者，以其不能见也，如可见，则人不畏之矣。”

【译文】

韩愈任吏部侍郎时，他手下有一个令史权力很大，以前，那令史常常将吏部的大门关上，使那些候选的官员们不能随便地进见吏部长官。韩愈上任后，去掉门锁，任人出入，并说：“人之所以害怕鬼神，就是因为不能见到。如果可以看见，那人必定不会惧怕。”

韩愈

子产

【原文】

郑良霄既诛，国人相惊。或梦伯有介而行曰：“壬子，余将杀带，明年壬寅，余又将杀段。”驷带及公孙段，果如期卒，国人益大惧。

子产立公孙泄及良止以抚之，乃止。子太叔问其故，子产曰：“鬼有所归，乃不为厉，吾为之归也。”太叔曰：“公孙泄何为？”子产曰：“说也。”

【译文】

春秋郑简公二十三年（前543），大夫良霄专权，引起众大臣的不满，结果被驷带、公孙段等诸大夫群起而诛杀。谁知七年之后，郑国又有人因此事受到惊扰。有人在梦中见伯有（良霄字伯有）全身甲胄，披挂而来，并对他说：“壬子日我要把驷带杀掉，明年的壬寅日我还要杀死公孙段！”而驷带与公孙段果然在这两天相继死去。于是，与诛杀良霄有关联的人们更加震惊恐惧。

子产是良霄被诛后立为郑国执政的。这些事情发生后，他把良霄的儿子良止和以前也被诛杀的大夫子孔的儿子公孙泄重新立为大夫，并对他们加以安抚，这些事情才不再发生了。子产的儿子太叔问这是什么原因，子产回答说：“死人的鬼魂没有归宿，就成为无主的游魂，并成为厉鬼而搅扰人。把他们的儿子重新立为大夫，就是为了能够有人祭祀他们，使他们有归宿。”太叔又问：“那么立公孙泄为大夫是为什么？”子产说：“是为了以继绝的名义向国人解释。”

主父偃

【原文】

汉患诸侯强，主父偃谋令诸侯以私恩自裂地，分其子弟，而汉为定其封号。汉有厚恩，而诸侯渐自分析弱小云。

【译文】

西汉时，汉武帝担心诸侯势力强盛，主父偃出主意说让各诸侯王可以推施皇帝的恩泽，将自己的封地划开，来分给自己的子弟，但皇帝必须为其确定封号。自此，汉室收到了恩泽广厚和诸侯趋于弱小的双重效果了。

秦桧

【原文】

建炎初，遣使讲和，云：使来必须百官郊迎其书。在廷失色，秦桧恬不为意，尽遣部省吏人迎之。朝见，使人必要褥位，此非臣子之礼。是日，桧令朝见殿廷之内。皆以紫幕铺满，北人无辞而退。

【译文】

南宋建炎初年，金国派遣使臣来讲和，并提出要求说："使臣到来时，宋朝百官必须到郊外迎接议和书。"宫廷之内，文武百官听说无一不大惊失色。秦桧却满不在乎，把各部门官员都派遣出去迎接金使。朝见的时候，金使一定要设置锦缎褥位，可这不是使臣应享受的待遇。这一日，秦桧传令朝见，殿廷之内果然被紫幕铺满。朝见后，金使一句话都没说就退走了。

于谦

【原文】

永乐间，降虏多安置河间、东昌等处，生养蕃息，骄悍不驯。方也先入寇时，皆将乘机骚动，几至变乱。至是发兵征湖贵及广东西诸处寇盗，于肃愍奏，遣其有名号者，厚与赏犒，随军征进。事平，遂奏留于彼。于是数十年积患，一旦潜消。

【译文】

明永乐年间，成祖把北伐战争中投降的外族大都安置在了河间、东昌一带，经过生养蕃息，他们逐渐形成了一个骄悍不驯的群体。到正统年间，正当北方瓦剌部落先进犯京师的时候，他们也准备乘机起事，差一点就发动了叛乱。直到景泰年间，朝廷发兵镇压湖、贵及广东、广西等处的民众造反时，于肃愍（于谦的谥号）奏请皇上，派遣他们中的大小首领，厚以赏犒，让他们随军征进。战事平息后，经过奏请，又把他们留到了这些地方。于是，数十年的积患，就这样逐渐被消除了。

于谦

明智部

总叙

【原文】

冯子曰：自有宇宙以来，只争明暗二字而已。混沌暗而开辟明，乱世暗而治朝明，小人暗而君子明。水不明则腐，镜不明则锢，人不明则堕于云雾。今夫烛腹极照，不过半砖，朱曦霄驾，洞彻八海。又况夫以夜为昼，盲人瞎马，侥幸深溪之不陨也，得乎？故夫暗者之未然，皆明者之已事；暗者之梦景，皆明者之醒心；暗者之歧途，皆明者之定局。由是可以知人之所不能知，而断人之所不能断。害以之避，利以之集，名以之成，事以之立。明之不可已也如是。而其目为《知微》，为《亿中》，为《剖疑》，为《经务》。吁！ 明至于能经务也，斯无恶于智矣。

【译文】

冯梦龙说：从有宇宙以来，就有“明”和“暗”的较量，创世纪之前世界混沌黑暗，而开天辟地以后天地光明； 乱世昏暗而治世清明；小人狭隘阴暗，而君子磊落光明。水不明则腐臭，镜子不明就无法照影，而人不明白就如坠入云雾一般。烛光照射再远，也不过半块砖的距离；太阳在天上运行，其光芒普照天下。愚昧的人如同以黑夜为白昼的盲人，骑着一匹瞎马在深水边奔驰却想侥幸不掉下去，这可能吗？因此，愚昧的人还没明白怎么回事，智慧的人已把事情做完；愚昧的人如在梦境之中，智慧的人已经弄清了事情的前因后果； 愚昧的人认为是歧途，智慧的人已经掌握了定局。因此智慧的人能洞察一般人所无法洞察的，能决断一般人所无法决断的。避开可能的灾祸，获得可能的利益，得到美好的名誉，成就不朽的事业。明智的作用就是这样无穷无尽。《明智部》共有四卷，分别为《知微》《亿中》《剖疑》《经务》。唉！把聪明才智用于经世治国的大事之中，这才是善用智慧啊。

箕子

【原文】

纣初立，始为象箸。箕子叹曰："彼为象箸，必不盛以土簋，将作犀玉之杯。玉杯象箸，必不羹藜藿，衣短褐，而舍于茅茨之下，则锦衣九重，高台广室。称此以求，天下不足矣！远方珍怪之物，舆马宫室之渐，自此而始。故吾畏其卒也。"

未几，造鹿台，为琼室玉门，狗马奇物充牣其中，酒池肉林，宫中九市，而百姓皆叛。

【译文】

商代，纣王刚刚即位，便开始使用起了象牙筷子。对此，纣王的叔父箕子叹息道："他使用象牙筷子，必定不再用陶制的食器盛东西，并且要做犀玉之杯了。有了犀玉杯、象牙筷，必不会再吃藜藿等野菜制成的食物，穿质料粗劣的短褐衣服，住在茅草铺顶的房屋之下了，则会要求身穿九重锦衣，居住有高台阶的宫室了。像这样贪得无厌，整个天下也满足不了他了！ 远方的珍怪之物、舆马宫室等都逐渐齐备，这些都自此而始。我对他的将来十分担心！"

没过多久，纣王便开始建造鹿台，用美玉做门，豪华富丽，狗马等珍禽异物充满其中，整天在酒池肉林之中，并在宫中设立九个街市，供他穷奢极欲，而老百姓都背叛了他。

管仲

【原文】

管仲有疾，桓公往问之曰："仲父病矣，将何以教寡人？"管仲对曰："愿君之远易牙、竖刁、常之巫、卫公子启方。"公曰："易牙烹其子以慊寡人，犹尚可疑耶？"对曰："人之情非不爱其子也，其子之忍，又何有于君？"公又曰："竖刁自宫，以近寡人，犹尚可疑耶？”对曰：“人之情非不爱其身也，其身之忍，又何有于君？”公又曰：“常之巫审于死生，能去苛病，犹尚可疑耶？”对曰：“死生，命也，苛病，天也，君不任其命，守其本而恃常之巫，彼将以此无不为也。”公又曰：“卫公子启方事寡人十五年矣，其父死而不敢归哭，犹尚可疑耶？”对曰：“人之情非不爱其父也，其父之忍，又何有于君？”公曰：“诺。”管仲死，尽逐之。食不甘，宫不治，苛病起，朝不肃。居三年，公曰：“仲父不亦过乎？”于是皆复召而反。明年，公有病，常之巫从中出曰：“公将以某日薨。”易牙、竖刁、常之巫相与作乱，塞宫门，筑高墙，不通人，公求饮不得。卫公子启方以书社四十下卫。公闻乱，慨然叹，涕出曰：“嗟乎！圣人所见，岂不远哉？”

【译文】

管仲

管仲病重期间，齐桓公向他问道：“仲父有病了，你有什么可教导的吗？”管仲回答说：“希望君主能疏远易牙、竖刁、常之巫和卫公子启方四个人。”桓公说：“易牙把自己的儿子蒸熟用来满足我的食欲，难道还能怀疑他吗？”管仲说：“没有不爱自己儿子的父亲，易牙能把自己的儿子忍心杀死，他对君主还能谈得上有什么感情吗？”桓公又问，“竖刁不惜阉割自己来侍奉寡人，说明他爱寡人胜过爱自己，难道还能怀疑他吗？”管仲回答：“人没有不爱惜自己身体的，而竖刁却不爱惜，那么他对君主又怎么会好呢？”桓公又说：“常之巫能占卜生死，为我解除病痛，难道还能怀疑吗？”管仲说：“死生疾病都是上天的安排，君主不听任天命，自爱其本，而只是依赖常之巫，他藉此而无所不为。”桓公又说：“卫公子启方，跟随寡人十五年了。他的父亲死了，都不去奔丧，难道他也可以怀疑吗？”管仲说：“人没有不爱他的父亲的，启方对他的父亲都能如此狠心，他对君主还能有什么感情呢？”桓公说：“对。”管仲死后，桓公便把易牙、竖刁等人全部逐出。但从此他却食不甘味，宫室不整，不理朝政，疾病又多次发作。桓公说："仲父有些太过分了吧！"于是他又把易牙等人全都召了回来。第二年，桓公生病，常之巫从宫中出来后，说："桓公在某日将死去。"于是易牙、竖刁和常之巫勾结作乱，堵塞宫门，修筑高墙，断绝内外交通，桓公口渴后连水也喝不到。卫公子启方，把一千户的名册献给了卫国。桓公听到叛乱的消息后，慨然长叹，痛哭流涕地说："啊！圣人的见识，真是远啊！"

诸葛亮

【原文】

有客至昭烈所，谈论甚惬。诸葛忽入，客遂起如厕。备对亮夸客，亮曰："观客色动而神惧，视低而盼数，奸形外漏，邪心内藏，必曹氏刺客也。"急追之，已越墙遁矣。

【译文】

三国时，一位客人在昭烈帝刘备的住处拜访，两人谈话十分投机。这时，诸葛亮忽然走了进来，那位客人就马上起身上厕所。刘备对诸葛亮夸奖客人，诸葛亮说："我看客人脸色突然改变，神情有所畏惧，眼睛看着低处，眼珠子有好几次往四下里乱转，外表露出了奸形，内里包藏着邪心，他必定是曹操派来的刺客！"刘备急忙派人去追，那人已经翻墙逃跑了。

诸葛亮

马援

【原文】

建武中，诸王皆在京师竞修名誉，招游士。马援谓吕种曰："国家诸子并壮，而旧防未立，若多通宾客，则大狱起矣，卿曹戒慎之。”后果有告诸王宾客生乱，帝诏捕宾客，更相牵引，死者以数千。种亦与祸，叹曰：“马将军神人也。”

援又尝谓梁松、窦固曰：“凡人为贵，当可使贱，如卿等当不可复贱。居高坚自持。勉思鄙言。”松后果以贵满致灾，固亦几不免。

【译文】

光武帝建武年间，宗室诸王都居住京师，竞相树立自己的声誉，而广泛招揽游侠贤士。马援对吕种说：“王室的子弟都竞相壮大自己的势力，而旧有的防备措施都未恢复，如果经常交往宾客，就会有不少人受到查办。你要谨慎小心。”后来果然有人奏告诸王和宾客作乱，于是相互牵连，被下狱处死的有数千人之多，吕种也因此遭此横祸。他后来叹息说：“马将军真是一位神人！”

马援还曾对梁松和窦固说：“大凡人变得显贵以后，也可使他变得卑贱，你们可不能再变成卑贱的了。你们身居高位，应严于律己。望能认真思考我的这些粗浅之言。”梁松后来果然因显贵骄奢招来灾祸，窦固也差点因此送命。

唐寅

【原文】

宁王宸濠甚喜爱六如，尝遣人持百金，至苏聘之。既至，处以别馆，待之甚厚。六如住半年，见其所为不法，知其后必反，遂佯狂以处。宸濠遣人馈物，则倮形箕踞，以手弄其人道，讥呵使者。使者反命，宸濠曰：“孰谓唐生贤？一狂士耳！”遂放归，不久而告变矣。

【译文】

宁王朱宸濠很喜爱唐伯虎，曾派人拿上百金，到苏州去请他。请来以后，就把他安排在别业居住，对他的待遇十分优厚。唐伯虎住了半年，看到宸濠胡作非为，便知他日后必反，于是就假装疯癫。宸濠派人送去物品，唐伯虎赤身裸体，两腿伸直而坐，用手拨弄着自己的生殖器，讥笑、呵斥使者。使者告诉了宸濠，宸濠说："谁说唐伯虎是个贤士，只不过是个狂士罢了。"于是便放他回去了。不久，朱宸濠果然反叛作乱。

子贡

【原文】

鲁定公十五年正月，邾隐公来朝，子贡观焉。邾子执玉高，其容仰；公受玉卑，其容俯。子贡曰："以礼观之，二君皆有死亡焉。夫礼，死生存亡之体也：将左右、周旋、进退、俯仰，于是乎取之；朝、祀、丧、戎，于是乎观之。今正月相朝而皆不度，心已亡矣。嘉事不体，何以能久？高仰，骄也；卑俯，替也。骄近乱，替近疾。君为主，其先亡乎？"五月，公薨。孔子曰："赐不幸言而中，是使赐多言也。"

【译文】

鲁定公十五年（前495）正月，邾隐公来朝见。子贡（春秋时卫国人。姓端木，名赐，孔子学生）在一旁注意观察两位国君的举动。邾隐公向定公献上宝玉时，高仰着头，态度十分高傲。鲁定公接受献的玉，并低头往下看，态度异常谦卑。看完献玉之后子贡说："从礼的角度看，两位国君都有死亡的征兆。朝见之礼，是生死存亡的大礼，因此，呈献玉器时，双方位置的左右旋转、身体与头部的进退俯仰，都要符合一定的礼仪。朝会、祭祀、死丧、战争等大礼，都要按这个礼数去观察检验。现在是在鲁定公十五年正月朝会，而两位国君的举动都不合乎法度，可见他们的内心已经迷失了。朝会是吉祥的事情而礼数不合

子贡

礼，两位国君怎么能长久呢？仰头高视，是骄傲的表现；低头下视，是衰败的征兆。骄傲离祸乱不远，衰败将离疾病不远了。而定公是主人，可能会先死吧？”五月，鲁定公死了。孔子说道：“子贡不幸而言中。他真是多嘴呀。”

范雎

【原文】

王稽辞魏去，私载范雎。至湖关，望见车骑西来，曰：“秦相穰侯东行县邑。”雎曰：“吾闻穰侯专秦权，恶纳诸侯客，恐辱我，我且匿车中。”有顷，穰侯至，劳王稽，因立车语曰：“关东有何变？”曰：“无有。”又曰：“谒君得无与诸侯客子俱来乎？无益，徒乱人国耳。”王稽曰：“不敢。”即别去。范雎出曰：“穰侯，智士也，其见事迟。向者疑车中有人，忘索，必悔之。”于是雎下车走。行数里，果使骑还索，无客乃已。雎遂与稽入咸阳。

【译文】

王稽辞别魏国走时，私下带着范雎一起乘车走了。走到湖关，望见一些车骑从西边疾驰而来，王稽说：“这是秦相魏冉在巡行县邑。”范雎说：“我听说魏冉在秦国把持朝政，很讨厌接纳诸侯国的宾客，他看见我后可能要侮辱我，我暂时在车里躲避一下。”不大一会，魏冉来到车前，先对王稽表示慰劳，然后立在车前说：“关东形势有何变化？”王稽说：“没有什么。”魏冉又说：“你在谒见魏君以后，没有把别国的宾客也一起带来吧？这些人是没有什么用处的，只能搞乱别人的国家而已。”王稽说：“我不敢这么做。”魏冉听后便又匆匆离去了。范雎这时从车里爬出来说：“魏冉是一个聪明之人，但他对事情的反应较慢，他原来怀疑车中有人，但后来却忘了搜查，必然后悔。”于是范雎便下车步行。走了几里路程后，魏冉果然派人前来搜索，确信没有带载客人，方才离去。范雎这才上车和王稽一同来到了秦都咸阳。

姚崇

【原文】

魏知古起诸吏，为姚崇所引用，及同升也，崇颇轻之。无何，知古拜吏部尚书，知东道选事。崇二子并分曹洛邑，会知古至，恃其蒙恩，颇顾请托。知古归，悉以闻。上召崇，从容谓曰："卿子才乎？皆何官也？又安在？"崇揣知上意，因奏曰："臣有三子，两人分司东都矣，其为人多欲而寡交，以是必干知古，然臣未及闻之耳。"上始以丞相子重言之，欲微动崇意，若崇私其子，或为之隐。及闻所奏，大喜，且曰："卿安从知之？"崇曰："知古微时，是臣荐以至荣达。臣子愚，谓知古见德必容其非，故必干之。"上于是明崇不私其子之过，而薄知古之负崇也，欲斥之。崇为之请曰："臣有子无状，挠陛下法，陛下欲特原之，臣为幸大矣。而由臣逐知古，海内臣庶，必以陛下为私于臣矣，非所以裨玄化也。"上久之乃许。翌日，以知古为工部尚书，罢知政事。

姚崇与张说同为相，而相衔颇深。崇病，戒诸子曰："张丞相与吾不协，然其人素侈，尤好服玩。吾身没后，当来吊，汝具陈吾生平服玩、宝带、重器罗列帐前。张若不顾，汝曹无类矣；若顾此，便录致之，仍以神道碑为请。既获其文，即时录进，先砻石以待，至便镌刻进御。张丞相见事常迟于我，数日后必悔，若征碑文，当告以上闻，且引视镌石。"崇没，说果至，目其服玩者三四。崇家悉如崇戒。及文成，叙致该详，时谓"极笔"。数日，果遣使取本，以为辞未周密，欲加删改。姚氏诸子引使者视碑，仍告以奏御。使者复，说大悔恨，抚膺曰："死姚崇能算生张说，吾今日方知才之不及！"

【译文】

唐朝人魏知古出身于低级官吏，后由丞相姚崇引荐，才累次升迁至与姚崇同朝为相，虽然两人职位相同，但姚崇很看不起他。没多久，魏知古升为吏部尚书，负责东都洛阳官员的考选任命之事，姚崇的两个儿子都在洛阳做官，得知魏知古到洛阳以后，两个人依仗着父亲过去对魏知古有恩，一再要魏知古对他们加以关照。魏知古回去后，把这些情况上奏朝廷。皇上召见姚崇，不动声色地对姚崇说："你的儿子才能怎么样？都担任什么官职？又都在哪里？"姚崇揣摩到了皇上问他的意思，回奏说："臣有三个儿子，有两个儿子在东都洛阳官署任职。他们为人做事倒有很高的欲望，但与外界交往很少，这次必然有求于魏知古，但为臣我还没有听说。"皇上开始时以为姚崇一定会为自己隐瞒辩护，经姚崇回奏皇上以后，皇上大喜，并且说："你从哪里知道的？"姚崇回答说："魏知古在不久以前，是为臣推荐他晋官升爵达到这么高的官位。我的儿子愚蠢不才，认为知古会感恩图报而宽容他们的过失，所以肯定会走知古的门子。"皇上于是明白了姚崇没有包庇其子的罪过，反而怪罪魏知古辜负了姚崇，皇上欲训斥魏知古，姚崇为他求情说："微臣的儿子不守法纪，扰乱了陛下的法律，陛下能原谅他们，已经是微臣的大幸了。如果因为微臣而罢免魏知古的官职，全国的臣僚、百姓一定会认为陛下对微臣有私心，这样就妨碍陛下以德教化天下人了。"皇帝想了许久才答应了他。第二天下诏，罢免了魏知古的宰相职位，降为工部尚书。

姚崇

姚崇和张说一同做朝中丞相，而两人之间隔阂很深。姚崇病重，告诉他的几个儿子说："张丞相跟我不和，可是他为人一向很奢侈，尤其爱好服饰和古玩。我死以后，他一定来吊唁，你们把我平生所有服饰和古玩宝物都拿出来，陈列在帐前。张丞相如果连看也不看一眼，你们就很难活命了。如果他观看这些东西，就挑些好的送给他，趁机请他为我写篇碑文。拿到他写好的碑文后，当时就抄好，预先磨好石碑，马上把抄好的碑文刻在石碑上，并把碑文呈交给皇上过目。张丞相料事平时总比我慢，几天以后，他必然后悔。如果张丞相来索取碑文，就告诉他已交给皇上过目了，并且领他亲自看一看刻好的石碑。”姚崇死后，张说果然到姚府吊唁，目光多次落在姚家陈列的服饰和古玩宝器上。姚崇的儿子们完全按照父亲教导的话去做了。等到张说的碑文写出来后，叙述姚崇的生平事迹详细而备至，时人称为杰作。过了几天，张说果然派人来索取碑文原稿，说是文辞不够周密，想再修改一番。姚崇的儿子们领着来人去看刻好的石碑，又告诉他碑文已经呈给皇上看了。来人回去报告了张说，张说非常悔恨，拍着胸脯说：“死姚崇能算计活张说，我今天才知道自己的才智不如他。”

李泌

【原文】

议者言韩滉闻乘舆在外，聚兵修石头城，阴蓄异志。上疑以问李泌。对曰：“滉公忠清俭，自车驾在外，滉贡献不绝，且镇抚江东十五州，盗贼不起，皆滉之力也。所以修石头城者，滉见中原板荡，谓陛下将有永嘉之行，为迎扈之备耳。此乃人臣忠笃之虑，奈何更以为罪乎？滉性刚严，不附权贵，故多谤毁。愿陛下察之，臣敢保其无他。”上曰：“他议汹汹，章奏如麻，卿不闻乎？”对曰：“臣固闻之，其子皋为考功员外郎，今不敢归省其亲，正以谤语沸腾故也。”上曰：“其子犹惧如此，卿奈何保之？”对曰：“滉之用心，臣知之至熟，愿上章明其无他，乞宣示中书使朝众皆知之。”上曰：“朕方欲用卿。人亦何易可保？慎勿违众，恐并为卿累。”泌退，遂上章，请以百口保滉。他日上谓泌曰：“卿竟上章，已为卿留中。虽知卿与滉亲旧，岂得不自爱其身乎？”对曰：“臣岂肯私于亲旧以负陛下？顾滉实无异心。臣之上章，以为朝廷，非为身也。”上曰：“如何为朝廷？”对曰：“今天下旱蝗，关中米斗千钱。仓廪耗竭，而江东丰稔。愿陛下早下臣章，以解朝众之惑，面谕韩皋使之归觐，令滉感激无自疑之心，速运粮储。岂非为朝廷耶？”

上曰："朕深谕之矣！"即下泌章，令韩皋谒告归觐，面赐绯衣，谕以"卿父比有谤言，朕今知其所以，释然不复信矣"，因言"关中乏粮，与卿父宜速置之"。皋至润州，滉感悦流涕，即日自临水滨，发米百万斛，听皋留五日即还朝。皋别其母，啼声闻于外。滉怒，召出挞之，自送至江上，冒风涛而遣之。既而陈少游闻滉贡米，亦贡二十万斛。上谓李泌曰："韩滉乃能使陈少游亦贡米乎！"对曰："岂惟少游，诸道将争入贡矣。"

【译文】

有人议论说韩滉听到唐德宗离京出走以后，大肆招兵买马，又加固石头城，有暗地里蓄意谋反之嫌。唐德宗心中疑惑，向李泌询问。李泌说："韩公忠正清俭，自陛下车驾在外以来，韩公奉献不断，且镇守江东十五州，那里的盗贼从此不敢轻举妄动，这都是韩公威望所在。韩公之所以维修石头城，是因为韩公看到中原大乱，陛下有可能南下江东，这是为迎接陛下在做准备。这些都体现了人臣忠诚无私的心念，怎么还能怪罪他呢？韩公性格刚直严谨，不愿依附权贵，因此会招来很多诽谤。请陛下仔细观察，臣敢保韩公别无他意。"德宗说："大家议论纷纷，奏章接连不断，难道你没有听见看见吗？"李泌回答说："臣早已听说此事。韩公之子韩皋现为考功员外郎，他不敢回家去探望父母，正是因为流言四起的缘故。"德宗说："他的儿子都如此恐惧，你为什么还要保他？"李泌说："韩滉的用心，为臣了如指掌。我情愿上表说明韩公的清白之心，希望能把表章在中书宣读，使群臣都知道此事。"德宗说："朕正想重用你，怎能轻易为人担保呢？你千万不要违背了众人的意愿，要不然恐怕连你也会受到连累。"李泌退朝以后，便呈上表章，请以百口之家为韩滉担保。有一天，德宗又对李泌说："你已奏上表章，但朕已留在宫中。我虽知你和韩滉交情很深，但你怎么不为自己的身家性命着想呢？"李泌说："为臣岂敢对朋友怀有私心，而辜负陛下！只是韩滉实在没有异心，为臣上表，完全是为朝廷考虑，并非为自身打算。"德宗说："你如何为朝廷考虑？"李泌答道："如今天下非旱即蝗，灾害不断，关中斗米价值千钱，国库的粮食已经枯竭。而江东却连年丰收，请陛下早早把臣的表章颁下，用以解除群臣对他的疑惑，让韩皋前去省亲，使韩滉受到感动，从而打消被世人所误解的疑虑，迅速组织调运粮食进京。这难道不是为朝廷着想吗？”德宗说：“朕已完全明白了你的想法。”当即便向中书下发了李泌的表章，又令韩皋立即探望父母，并当面赐给了他红色官服一件，让韩皋回去转告其父“以前的所有诽谤之词，朕已完全清楚，不再相信这些不实之词”，另外还说如今关中缺粮，希望韩皋和其父速快置办。韩皋到达润州以后，转达了德宗的旨意，韩滉感激涕零，当天便亲临江边，发船运米百万石，让韩皋只停留五天，立即还朝。临行前，韩皋和母亲作别，哭泣之声，闻于户外。韩滉叫出儿子后，硬是用皮鞭赶走了韩皋，并亲自把他送到船上，冒着汹涌波涛，下令开船。不久，淮南陈少游听说韩滉向朝廷贡米的消息后，也派人送来了二十万石粮饷。德宗对李泌说：“韩滉竟能使陈少游也来贡米啊！”李泌说：“岂止陈少游，其他的节度使们也将争着贡米进京了。”

班超

【原文】

班超久于西域，上疏愿生入玉门关。乃召超还，以戊己校尉任尚代之。

尚谓超曰：“君侯在外域三十余年，而小人猥承君后，任重虑浅，宜有以诲之。”

超曰：“塞外吏士，本非孝子顺孙，皆以罪过徙补边屯，而蛮夷怀鸟兽之心，难养易败。今君性严急，水清无鱼，察政不得下和。宜荡佚简易，宽小过，总大纲而已。”

超去后，尚私谓所亲曰：“我以班君尚有奇策，今所言平平耳。”

尚留数年而西域反叛，如超所戒。

【译文】

班超长时间驻扎在西域，给朝廷上书说，希望能在自己活着的时候东入玉门关回到中原。于是朝廷把班超召回，用戊己校尉任尚代替班超。

任尚对班超说："君侯您在西域待了三十多年，现在我继您之后去西域接替您的职务，而我的任务重，智虑又浅薄，您应该对我有所教诲。"

班超说："塞外的官吏士兵，本不是我们的孝子贤孙，都是些犯过罪而流放戍边屯田的，而那些塞外的蛮夷之人，心如鸟兽一般，难以驯养而易于败事。现在您的性子过于严厉与急躁，水过于清，里边便没有鱼，过于严明则难以和部下和谐相处，您应当坦诚待下，处事简约，对别人的小的过失尽量宽容，只把握住大的原则就行了。"

班超

班超走后，任尚私下里对亲近的人说："我以为班超有什么出奇制胜的妙策呢，今天所说的也不过是一些老生常谈罢了。"

任尚在西域待了几年以后，西域发生了叛乱，果然应验了班超的话。

汉昭帝

【原文】

昭帝初立，燕王旦怨望谋反。而上官桀忌霍光，因与旦通谋，诈令人为旦上书，言"光出都肄郎羽林，道上称跸，擅调益幕府校尉，专权自恣，疑有非常。"俟光出沐日奏之，帝不肯下。光闻之，止画室中不入。上问："大将军安在？"桀曰："以燕王发其罪不敢入。"诏召光入，光免冠顿首谢。上曰："将军冠。朕知是书诈也，将军无罪。"光曰："陛下何以知之？"上曰："将军调校尉以来未十日，燕王何以知之？"时帝年十四，尚书左右皆惊，而上书者果亡。

【译文】

汉昭帝刚刚即位之时，燕王刘旦因心怀不满而图谋反叛。上官桀也因忌妒霍光，于是与燕王通谋。他唆使人替燕王书写奏书，声称霍光从都城出行之时，像皇上一样让羽林军护卫，鸣锣开道，又擅自增加幕府校尉，专权、放纵，有图谋不轨的迹象，准备在霍光休息沐浴之时上奏给皇上，但奏书呈上后，昭帝却不给霍光治罪。霍光听说此事后，来到画室，而没有进入宫中。昭帝问道：“大将军在哪里？”上官桀说：“因被燕王揭发了他的罪行，不敢入宫。”昭帝诏令霍光入宫。霍光摘下官帽，叩头谢罪。昭帝说：“将军请戴上帽子，朕知道此奏书有诈，将军无罪。”霍光问道：“陛下是怎么知道的？”昭帝说：“将军增调校尉，还没有超过十天，燕王怎么会知道呢？”当时昭帝年仅十四，左右尚书都感到吃惊，而冒充燕王上书的人果然畏罪潜逃了。

张说

【原文】

说有材辩，能断大义。景云初，帝谓侍臣曰：“术家言五日内有急兵入宫，奈何？”左右莫对。说进曰：“此谗人谋动东宫耳。陛下若以太子监国，则名分定，奸胆破，蜚语塞矣。”帝如其言，议遂息。

【译文】

唐朝时期，大臣张说很善于辩论，能决断大事。唐睿宗景云初年，皇帝对侍从大臣说：“占卜的人说，五天之内有急兵进入宫中，怎么办呢？”左右没有人敢回答他。张说上前对皇上说：“这只不过是进谗之人阴谋挑动东宫太子造反罢了。皇帝您如果还能让太子监国，那么太子的名分就确定了，奸人吓破了胆，流言蜚语也就堵住了。”皇帝照张说的方法办了，流言蜚语于是就平息了。

寇准

【原文】

楚王元佐，太宗长子也，因申救廷美不获，遂感心疾，习为残忍。左右微过，辄弯弓射之。帝屡诲不悛。重阳，帝宴诸王。元佐以病新起，不得预，中夜发愤，遂闭媵妾，纵火焚宫。帝怒，欲废之。会寇准通判郓州，得召见，太宗谓曰：“卿试与朕决一事。东宫所为不法，他日必为桀、纣之行。欲废之，则宫中亦有甲兵，恐因而招乱。”准曰：“请某月日，令东宫于某处摄行礼，其左右侍从皆令从之。陛下搜其宫中，果有不法之事，俟还而示之。废太子，一黄门力耳。”太宗从其策。及东宫出，得淫刑之器，有剜目、挑筋、摘舌等物。还而示之，东宫服罪，遂废之。

【译文】

北宋时楚王赵元佐，是宋太宗赵炅的长子。因上表请求救廷美没有被允许，于是落下了心病，行为变得残忍，身边的人稍有过失，他就用弓箭去射那个人。太宗对其多次教诲，楚王一直不知悔改。重阳节这一天，太宗皇帝设宴招待诸位侯王，长子元佐因新近有病，没能参加，半夜里病犯了，愤怒异常，下令关闭了姬妾的宫门，要放火焚烧各姬妾所住宫室。太宗皇帝十分恼怒，想废掉元佐，另立太子。正赶上郓州通判寇准得太宗召见来京师。太宗对寇准说：“你试着替我决断一件事情。东宫太子胡作非为，日后也一定会做出夏桀商纣那样的事情来。因此我想废除他太子之位，可是东宫太子那里也有军队，怕因此而招来祸乱。”寇准说：“请皇上你选择某月某日举行一次国事大典，命令太子亲自去主持，让他的左右随从都跟随前往，趁他们不在的时候，皇上你派人前去搜查他的宫中，如果真有违法的事情，把搜查出的物证，等太子回来后让他看看，这时再废除他，只不过用一个太监的力量就能做到。”太宗采纳了寇准的计策，等到太子及左右侍从都出去后，便派人去搜查，果然从他的宫中搜出许多残酷的刑具，有剜目、挑筋、摘舌等器物。等太子回宫后，太

寇准

宗把从他宫中搜到的刑具拿出来给他看，元佐不得不认罪。于是废除了他的太子之位。

蔡京

【原文】

蔡京在洛，有某氏嫁两家，各有子。后二子皆显达，争迎养其母，成讼。执政不能决，持以白京。京曰："何难？第问母所欲。"遂一言而定。

【译文】

北宋时期，蔡京在洛阳任职时，有一个妇女先后嫁给了两户人家，在两家各生有儿子。后来这两个儿子都做了高官，都争着养他们的母亲，双方因争执不下而告到了官府。主持该案的人决断不了，拿上这个案子向蔡京请示。蔡京说："这有什么难断的，问一下他母亲愿意到哪个儿子家里就行了。"于是一句话就把这场官司给搞定了。

范仲淹

【原文】

范仲淹一日携子纯仁访民家。民舍有鼓为妖，坐未几，鼓自滚至庭，盘旋不已，见者皆股栗。仲淹徐谓纯仁曰："此鼓久不击，见好客至，故自来庭以寻槌耳。"令纯仁削槌以击之，其鼓立碎。

【译文】

有一天，范仲淹带着儿子纯仁去百姓家拜访。民房里有一只鼓，他们没坐多久，鼓自己滚到了庭院，而且不停地打转，看见的人都害怕得腿直发抖。范仲淹却不以为然，慢慢地对儿子说："这个鼓很久没有人敲了，看见好客人来到，所以自己滚到庭院里去找鼓槌。”于是让纯仁去削支鼓槌打鼓，这个鼓立即被敲碎了。

苏轼

【原文】

苏轼知杭州时，岁适大旱，饥疫并作。轼请于朝，免本路上供米三之一，故米不翔贵。复得赐度僧牒百，易米以救饥者。明年方春，即减价粜常平米，民遂免大旱之苦。

杭州江海之地，水泉咸苦，居民稀少。唐刺史李泌始引西湖水作六井，民足于水，故井邑日富。及白居易复浚西湖，放水入运河，自河入田，取溉至千顷。然湖水多葑，自唐及钱氏，岁辄开始，故湖水足用。宋废而不理，至是湖中葑积，为田一十五万余丈，而水无几矣。运河失河水之利，则取给予江潮。潮浑浊多淤，河行阛阓中，三年一淘，为市井大患，而六井亦几废。

苏轼始至，浚茅山、盐桥二河，以茅山一河专受江潮，以盐桥河专受湖水。复造堰闸，以为湖水蓄泄之限，然后潮不入市。且以余力复完六井，民稍获其利矣。

轼间至湖上，周视良久，曰：“今欲去葑田，将安所置之？湖南北三十里，环湖往来，终日不达。若取葑田积于湖中，为长堤以通南北，则葑田去而行者便矣。吴人种麦，春辄芟除，不遗寸草。葑田若去，募人种麦，收其利以备修湖，则湖当不复堙塞。”

乃取救荒之余，得钱粮以万石数者，复请于朝，得百僧度牒，以募役者。堤成，植芙蓉、杨柳其上，望之如图画，杭人名之“苏公堤”。

【译文】

苏轼

苏轼做杭州知州时，当地正值旱灾，百姓受到饥饿和疾病双重困扰，贫病交加，百姓生活极其艰难。苏轼为民请命，请朝廷免收本地租粮三分之一，所以米价没有上涨。又得到朝廷赏给的一百名僧人度牒，并用度牒换来米，救济吃不上饭的百姓。第二年春天，就减价出售常平米，于是，老百姓才免受因旱灾所带来的痛苦。

杭州处于江海的旁边，冒出的泉水也都是咸与苦的，因此居住在这里的人很少。唐代的刺史李泌怜惜百姓的痛苦，开始引西湖的水并凿了六口水井，百姓用水充足了，所以城邑逐渐发展，百姓也越来越富裕。等到白居易做杭州太守时，又疏浚西湖，把西湖水引入运河，从运河取水灌溉田地，面积多达一千多顷。然而西湖中杂草丛生，自唐代到五代的钱镠时期，每年疏通治理一次，所以西湖水足以够用。到了宋代，西湖荒废，失于治理，到这时湖中聚积杂草的地方达十五万多丈，西湖水几乎干涸了。这时运河已失去运输能力，就只能靠取钱塘江潮水，由于钱塘江来的潮水浑浊多淤泥，运河经过市区，每三年就得淘一次泥沙清淤，弄得市区到处是泥沙，以致成了大患，而六井也几乎要废掉了。

苏轼刚到杭州时，便疏通了茅山、盐桥两条河，让茅山这条河专门接受海潮涌进来的水，让盐桥这条河专门接受江湖流进来的水，又建造了堤闸，以便掌握蓄水与泄水，从此以后海潮进来的水不流入市区。用剩下的物力人力修复了六井，老百姓从西湖才稍微得到一些利益。

有一次，苏轼在闲暇的时候来到了西湖上，向四周看了很久，说："现在要除去那些荒芜的杂草，把那泥土和杂草清到哪里呢？西湖南北两岸长三十里，绕着西湖走一周，一天也走不到头，如果把西湖中杂草丛生的地方泥土挖出来，堆积在西湖中心。修成一条直通南北的长堤，那么西湖中草也去掉了，而南北往来的行人也可以方便了。江浙百姓种麦子，春天到麦地里除杂草非常干净，寸草不留，如果把葑田中的杂草除掉，招募一部分百姓在那里种麦子，用收来的租税来修治西湖，那么西湖就不会再被淤塞了。"

于是苏轼就清理了救济灾民的剩余财物，结果还剩钱粮约合一万多石粮食，又再一次奏请朝廷，皇上又给了一百僧人的度牒，就用这些钱招募役夫来修筑西湖的大堤。西湖堤修成后，在堤上种植芙蓉、杨柳，看上去西湖上修筑的这条堤的景致像一幅图画那样美丽。杭州人称之为“苏公堤”。

陶侃

【原文】

陶侃性俭厉，勤于事。作荆州时，敕船官悉录锯木屑，不限多少，咸不解其意。后正会，值积雪始晴，厅事前除雪后犹湿。于是悉用木屑履之，都无所妨。官用竹，皆令录厚头，积之如山。后桓宣武伐蜀，装船悉以作钉。又尝发所在竹篙，有一官长，连根取之，仍当足，公即超两阶用之。

【译文】

陶侃性格节俭、严厉，勤于政事。他在任荆州刺史之时，曾下令船官要把所锯木屑全部收集起来，不限多少，众人对此十分不解。后来正值大雪刚停，天气放晴，大家都在厅前扫雪，但扫后地面仍很湿滑。于是陶侃下令把木屑拿来铺路，行走起来非常方便。官府用的竹子，陶侃让人把竹头全部收集起来，以至竹头堆积如山。后来桓温伐蜀之时，把竹头全部装入船中，用作竹钉。又曾在砍伐竹篙时，有位官长将竹子连根挖出，认为竹根最坚硬，他当即把此人破例提升两阶任用。

李纲

【原文】

纲疏《经略两河大要》云：“河北、河东，国之藩蔽也。料理稍就，然后中原可保，而东南可安。今河东所失者，恒、代、太原、泽、潞、汾、晋，余郡尚存也。河北所失者，不过真定、怀、卫、浚四州而已，其余三十余郡，皆为朝廷守。两路士民兵将，戴宋甚坚，皆推豪杰以为首领，多者数万，少亦不下万人。朝廷不因此时置司遣使，以大抚慰而援其危，臣恐粮尽力疲，危迫无告，愤怨必生，金人因得抚而用之，皆精兵也。莫若于河北置招抚司，河东置经制司，择有才略如张浚、傅亮者为之，使宣谕天子不忍弃两河于敌国之意。有能全一州、复一郡者，即如唐藩镇之制，使自为守。如此，则不惟绝其从敌之心，又可资其御敌之力，最为今日先务。”

李纲当金人围城死守时，有京师不逞之徒乘机杀伤内侍，取其金帛，而以所藏器甲弓剑纳官请功。纲命集守御使司，以次纳讫，凡二十余人，各言姓名，皆斩之，并斩伤部队将者二十余人。及盗衲袄者、强取妇人绢一匹者、妄斫伤平民者，皆即以徇。故外有强敌月余日，而城中窃盗无有也。

【译文】

李纲在《经略两河大要》中写道：“河北、河东，是国家的屏障。只有将这里料理停当以后，中原才可保全，东南才可安宁。如今河东失去的，仅有恒、代、太原、泽、潞、汾、晋而已，其余郡县尚在。河北失去的，也不过是真定、怀、卫、浚四州而已。其余三十多郡，也都归大宋所有，两路的士民兵将，拥护宋朝的态度十分坚定，全都推举豪杰担任首领，多者数万，少则也不下万人。朝廷如果不在此时设置官佐，派遣使者加强对他们的抚慰，解救他们的危难，臣恐他们在粮尽力疲、危难无助之时，愤怨之情必会油然而生。一旦金人趁机安抚并利用他们，这些人都能成为精兵。不如在河北设置招抚司，河东置经制司。选择像张浚和傅亮那样有才略的人负责管理，使其宣传天子不忍抛弃两河给敌国的意思。如果有人能够保全一州、收复一郡的，就按照唐朝的藩镇制度，让他们拥兵自保。这样，不仅能够断绝人们的从敌之心，又可增强他们的御敌力量。这是当前最为重要的事务。”

李纲

李纲当年在金兵围攻都城、拼死防守之时，京师的一些市井无赖，趁机杀伤内侍，抢走金帛，并用偷藏的甲兵弓剑邀功领赏，李纲命令他们集中到守御使司，依次接纳了他们的兵器，共有二十多人，当他们各自报告姓名以后，将他们全部斩首示众，同时还杀了砍伤内侍及官兵将士的二十多人，连同那些盗窃一件衣物、抢夺妇人一匹绢以及砍伤平民的歹徒，全部处死。因此，虽然城外被强敌围攻一个多月，而城内却很少有偷抢之事。

察智部

总叙

【原文】

冯子曰："智非察不神；察非智不精。"子思云："文理密察，必属于至圣。"而孔子亦云："察其所安。"是以知察之为用神矣广矣。

善于相人者，犹能以鉴貌辨色，察人之富贵福寿贫贱孤夭，况乎因其事而察其心？则人之忠佞贤奸，有不灼然乎？分其目曰《得情》，曰《诘奸》，即以此为照人之镜而已。

【译文】

冯梦龙说："智慧如果不借助观察分析就显不出神妙；而观察、分析若不运用头脑中的智慧，就不会精确。"孔子的孙子子思说："条理清晰、详审明察的人，他一定是天下最圣明的。"而孔子也说："要观察一个人的真实想法。"这可以让我们认识到善于观察的作用是神奇而广大的。

善于相面的人，能从一个人的相貌神色推测出他的富贵或贫贱、长寿或夭折，更何况通过一个人的为人处世来观察他的内心呢？那么人的忠直或奸邪、贤能或愚昧不就看清楚了吗？本部分为《得情》和《诘奸》两卷，以此作为观察他人的一面镜子罢了。

唐御史

【原文】

李靖为岐州刺史，或告其谋反。高祖命一御史案之，御史知其诬罔，请与告事者偕。行数驿，诈称失去原状，惊惧异常，鞭挞行典，乃祈求告事者别疏一状。比验，与原状不同，即日还以闻。高祖大惊，告事者伏诛。

【译文】

唐朝初年，李靖曾任岐州刺史，有人告他图谋造反。唐高祖李渊命令一位御史来审理此案。御史心里十分清楚李靖是被诬告的，便有意请求和原告一起去取证。在走过几个驿站之后，御史假装说把原状丢了，而且装作非常恐惧的样子，鞭打随行的官吏，接着又请求原告再另外写一张状子。于是告事者另写了一份。御史拿来与原状比较，内容果然与原来的大不相同，御史当天就回京将结果报告给了皇上。唐高祖听后大惊，于是下令处死了那个诬告的人。

唐高祖李渊

张举

【原文】

张举为句章令。有妻杀其夫，因放火烧舍，诈称夫死于火，其弟讼之。举乃取猪二口，一杀一活，积薪焚之，察死者口中无灰。活者口中有灰。因验夫口，果无灰，以此鞫之，妻乃服罪。

【译文】

三国吴人张举做句章（今浙江省余姚市东南）县令时，有一个妻子杀死丈夫，以放火烧了房子作为理由，谎称她的丈夫被火烧死，死者的弟弟不信，到县衙提出诉讼。张举就取来两头猪，一头死的，一头活的，堆起柴火烧这两头猪，等活猪也烧死后，进行检查。经检查发现死猪嘴里没有灰，而活猪嘴里有灰，接着检验女人丈夫的尸体，在嘴里果然没有发现灰，以此为证审问那个妻子，其妻只得认罪伏法。

杨评事

【原文】

湖州赵三与周生友善，约同往南都贸易。赵妻孙氏不欲夫行，已闹数日矣。及期黎明，赵先登舟。因太早，假寐舟中。舟子张潮利其金，潜移舟僻所沉赵，而复诈为熟睡。周生至，谓赵未来，候之良久，呼潮往促。潮叩赵门，呼“三娘子”，因问“三官何久不来？”孙氏惊曰：“彼出门久矣，岂尚未登舟邪？”潮复周，周甚惊异，与孙分路遍寻，三日无踪。周惧累，因具牍呈县。县尹疑孙有他故，害其夫。久之有杨评事者阅其牍曰：“叩门便叫三娘子，定知房内无夫也。”以此坐潮罪，潮乃服。

【译文】

湖州人赵三与周生平时非常要好，两人约定一同到南京做生意。赵三的妻子孙氏不想让丈夫远行，为此双方闹了好几天别扭。临行那天清晨，赵三先上了船。因为时间还早，赵三就在船中睡着了。船夫张潮贪图他的钱财，偷偷将船划到很偏僻的地方，将赵三丢入水中淹死，然后又把船划回原处再假装睡得很熟。周生到后，张潮说赵三还没来，周生等了很久不见赵三，就叫张潮到他家去催赵三。张潮敲赵家大门，直呼“三娘子”，又问：“赵三怎么这么久还没有来？”孙氏很惊讶地说：“他很早就出门了，难道还没有上船吗？”张潮回来告诉周生，周生觉得也很奇怪，就和孙氏分别去寻找，找了三天都不见踪影。周生怕受牵连，于是就将此事上报给县府。县尹怀疑孙氏有其他原因而害死了丈夫。过了很久，有位姓杨的评事阅览了公文，当即说道："敲门就叫三娘子，一定是知道她的丈夫不在屋里。"以此推断张潮杀了人，张潮这才服罪。

藏钱

【原文】

程颢为鄠县主簿，民有借其兄宅以居者，发地中藏钱。兄之子诉曰："父所藏也。"令曰："此无证佐，何以决之？"

颢曰："此易辨尔。"问兄之子曰："汝父藏钱几何时矣？"曰："四十年矣。""彼借宅居几何时矣？"曰："二十年矣。"

即遣吏取钱十千视之，谓借宅者曰："今官所铸钱，不五六年即遍天下，此钱皆尔未藏前数十年所铸，何也？"其人遂服。

【译文】

宋朝程颢任鄠县（今陕西省西安市鄠邑区）主簿时，有个百姓借用兄长的房屋居住，发现地中埋藏了许多钱财。兄长的儿子向官府控告说："那钱是家父埋藏的。"县令说："这件事没有证据，如何来判决呢？"

程颢说："这很容易辨别。"就问兄长的儿子说："你父亲的钱埋藏多久了？"那兄长的儿子说："四十年了。""你叔叔借房屋居住有多久了？"回答说："二十年了。"

程颢立即派遣吏役去取了十千钱来看，然后对借房的人说："你看，现在官府所铸的钱，不到五六年就可以通行天下，这些钱都是铸造于你没埋藏前的几十年，为什么说是你的钱呢？"于是这个人承认他说了谎。

吕陶

【原文】

吕陶为铜梁令，邑民庞氏者，姊妹三人共隐幼弟田。弟壮，讼之官，不得直，贫甚，至为人佣奴。陶至，一讯而三人皆服罪吐田。弟泣拜，愿以田之半作佛事为报。陶晓之曰："三姊皆汝同气，方汝幼时，非若为汝主，不几为他人鱼肉乎？与其捐米供佛，孰若分遗三姊？"弟泣拜听命。

【译文】

宋朝吕陶任铜梁县令时，城中有庞氏三姐妹，合谋共同侵吞了本属于小弟弟的田产。弟弟长大成人后，把此事告到官府，但一直没有结果，因而生活非常贫困，甚至沦落成为奴仆。吕陶到任后，只审问了一次，三个姐姐都服罪并且把田产如数退还了弟弟。弟弟哭着拜谢，愿意拿出一半田产做佛事来报答神灵。吕陶让他知道这样一个道理，说："三个姐姐都是你的同胞，在你幼小的时候，如果不是她们为你做主，你名下的土地恐怕早被他人占有了！与其捐一半田产做佛事，还不如分赠给三位姐姐。"弟弟一边哭泣一边道谢，并接受了他的建议。

孙亮

【原文】

亮出西苑，方食生梅，使黄门至中藏，取蜜渍梅。蜜中有鼠矢。亮问主藏吏曰："黄门从汝求蜜耶？"曰："向求之，实不敢与。"黄门不服，左右请付狱推。亮曰："此易知耳。"令破鼠矢，里燥。亮曰："若久在蜜中，当湿透，今里燥，必黄门所为。"于是黄门首服。

【译文】

三国时期孙亮出游来到西苑，正是吃梅子的时节，他便派宦官到仓库中取来蜂蜜，把梅渍入蜜中。孙亮发现蜜中有鼠粪，便向主管仓库者问道："宦官跟你要过蜂蜜吗？"答道："他以前要过多次，我都不敢给他。"宦官不服，左右便请求交法官审理。孙亮说："这个弄清楚很容易。”当即令人揉碎鼠屎。结果，发现粪内干燥。孙亮说：“如果鼠屎长时间泡在蜜中，里面肯定湿透。如今粪里干燥，一定是宦官做了手脚。”于是宦官低头认罪。

赵广汉

【原文】

赵广汉为颍川太守。先是颍川豪杰大姓，相与为婚姻，吏俗朋党。广汉患之，察其中可用者，受记。出有案问，既得罪名，行法罚之。广汉故漏泄其语，令相怨咎；又教吏为缿筒，及得投书，削其主名。而托以为豪杰大姓子弟所言。其后强宗大族，家家仇怨，奸党散落，风俗大改。

广汉尤善为钩距以得事情。钩距者，设欲知马价，则先问狗，已问羊，又问牛，然后及马。参伍其价，以类相准，则知马之贵贱，不失实矣。惟广汉至精能行之，他人效者莫能及。

【译文】

汉朝时，赵广汉出任颍川太守。原先的习俗，颍川的豪门大族之间互相结为姻亲，而官吏之间又同流合污、结党营私。赵广汉为此很担忧，他上任以后，首先考察一些可用之人，并任用了。他们出行审理案件时，对那些不法分子，一旦罪名确立就依法处罚。赵广汉还故意把当事人的供词泄露出去，目的是制造朋党之间的猜疑怨恨。同时还设置了许多举报箱，收到告密信后，就隐去投信人的姓名，假托这些信都是豪门大族的子弟所写，从这以后，原来很要好的豪门大族之间，也都结下仇怨，他们结成的小集团陆续解散，社会风气也大为改观。

赵广汉最擅长的还是利用“钩钜”的方法来刺探隐情。所谓“钩钜”，就是辗转推问，在此物与彼物之间形成参照，最终得到实情。例如，如果想知道马的价钱，就先打听狗的价钱，再问羊的价钱，又问牛的价钱，然后才问到马的价钱。参照比较，就可以知道马的贵贱而不会有差错了。不过，只有赵广汉这样精明能行的人，才能使用这种策略，也有人模仿他，却难以达到这样的效果。

张敞　虞诩

【原文】

长安市多偷盗，百贾苦之。张敞既视事，求问长安父老。偷盗酋长数人，居皆温厚，出从童骑，闾里以为长者。敞皆召见责问，因贳其罪，把其宿负，令致诸偷以自赎。偷长曰："今一旦召诣府，恐诸偷惊骇，愿一切受署。"敞皆以为吏，遣归休置酒，小偷悉来贺，且饮醉，偷长以赭污其衣裾。吏坐里闾阅出者，见污赭，辄收缚，一日捕得数百人。穷治所犯，市盗遂绝。

朝歌贼宁季等数千人攻杀长吏，屯聚连年，州郡不能禁，乃以诩为朝歌长。始到，谒河内太守马棱，愿假辔策，勿令有所拘阂。及到官，设三科以募壮士，自掾史而下，各举所知：其攻劫者为上，伤人偷盗者次之，不事家业者为下，收得百余人。诩为飨会，悉贳其罪，使入贼中，诱令劫掠，乃伏兵以待之，遂杀贼数百人。又潜遣贫人能缝者佣作贼衣，以彩线缝其裾为识，有出市里者，吏辄擒之，贼由是骇散。

【译文】

汉代的长安街市曾经盗贼横行，商人们深受其害。张敞任京兆尹后，曾对长安父老进行访问。当时，盗贼的几个头领，表面上都装得十分温顺的样子，出门时都有几个侍童骑马相随，所以左邻右舍都把他们当成是忠厚长者。张敞召见他们，当面指责他们所犯罪行。接着，又把他们的罪行一一赦免，但要交代出所有的盗贼，并召至府中，用以立功赎罪。但这些

虞诩

贼头们却说："假如把这些人召入府中，恐怕暗藏的很多小偷会受到惊动。请把我们署为胥吏。"张敞接受了这一建议。于是很多盗贼被任为胥吏，让其回家后，置酒庆祝。结果小偷们闻讯，便都前来祝贺，并个个都喝得烂醉。贼头们便在他们的衣服上用红颜色作了标记，并让捕盗吏守在门口，凡看到衣服上涂有红色标记的全部逮捕。前后十天，共捕盗贼一百多人，并将他们所犯罪行一一查清。此后，街市上逐渐没有偷盗行为。

朝歌贼帅宁季聚集数千人，攻杀官吏，烧杀抢掠达数年之久，州郡多次镇压而没有结果。于是朝廷便让虞诩担任朝歌县的长吏。虞诩刚到任，就立即拜见了河内太守马棱，请求交给他缉捕盗贼的一切权力，不受任何限制和妨碍。正式上任以后，虞诩便下令分三等招募壮士，自属僚以下，都要把自己所知之人予以举荐。其中曾持刀抢劫过的人，被列为上等；有偷盗行为并打伤过人的，列为二等；游手好闲的列为三等。前后共募得一百多人。接着，虞诩又置办宴会来款待他们，在宴会上还宣布赦免他们的罪行，让他们潜入盗贼之中，引诱他们出外劫掠，然后设下伏兵等候。结果，捕杀盗贼数百人。另外，又暗中派遣能够缝制衣服的穷人混入盗贼之中，为其缝制衣服，并在衣襟上用彩线作为标识。只要在街上看见穿着此衣的人立即将其逮捕，盗贼于是惊骇逃散。

盗牛舌

【原文】

包孝肃知天长县，有诉盗割牛舌者。公使归屠其牛鬻之。既有告此人盗杀牛者，公曰："何为割其家牛舌，而又告之？"盗者惊伏。

【译文】

宋朝人包孝肃治理天长县时，有人向官府报案，说他所养的牛被人割断舌头。包公要他回去把牛宰杀后，再运到市场出售。不久，有人来县府检举某人盗杀耕牛，包公却对他说："你为什么要割断人家耕牛的舌头，现在又想诬告人家盗杀耕牛呢？"那人大惊失色，赶紧服法认罪。

子产　严遵

【原文】

郑子产晨出，过东匠之间，闻妇人之哭也，抚其御之手而听之。有间，遣吏执而问之，则手绞其夫者也。

异日其御问曰："夫子何以知之？"子产曰："其声惧。凡人于其亲爱也，始病而忧，临死而惧，已死而哀。今夫哭已死，不哀而惧，是以知其有奸也。"

严遵为扬州行部，闻道旁女子哭而不哀。向之，云夫遭火死。遵使舆尸到，令人守之，曰："当有物往。"更日有蝇聚头所。遵令披视，铁锥贯顶。考问，乃以淫杀人者。

【译文】

春秋时，郑国的大臣子产一天早晨坐车路过东匠的家门口时，听见里面有妇人的哭声。子产按着马夫的手而认真听。过了一会儿，子产命吏卒前去抓住妇人讯问，原来正是她亲手绞杀了自己的丈夫。

隔了一天，马夫问子产："先生您是怎么知道的？"子产说："那妇人的哭声中充满畏惧。一般人对于他所心爱的家人，在他们初发病时，一定会感觉担忧，等亲人病危快死的时候，会感到害怕，一旦亲人病逝就只会哀痛不已。而这位妇人哭死去的丈夫，哭声中没有哀伤，却满是恐惧，所以我认定这其中必有奸情。"

汉朝人严遵任扬州刺史时，一次外出看见路旁有女子在哭，然而哭声并不哀伤。严遵上前问那女子为何哭泣，女子回答说是丈夫因为大火被烧死。严遵派人将尸首用车运到府衙，命人严密看守，并且说："会有一些东西到尸体那里去。”过了一天，果然有群苍蝇聚集在死者头部。严遵命人详细勘验，才发现死者头部插着铁锥。经拷问，原来这女人因与人通奸杀死了丈夫。

胆智部

总叙

【原文】

冯子曰：“凡任天下事皆胆也，其济则智也。”知水溺故不陷，知火灼故不犯。其不陷不犯，非无胆也，智也。若自信入水必不陷，入火必不灼，何惮而不入耶？

智藏于心，心君而胆臣，君令则臣随。令而不往，与夫不令而横逞者，其君弱。故胆不足则以智炼之，胆有余则以智裁之。智能生胆，胆不能生智。刚之克也，勇之断也，智也。赵思绾尝言“食人胆至千，刚勇无敌”。每杀人，辄取酒吞其胆。夫欲取他人之胆，益己之胆，其不智亦甚矣！ 必也取他人之智，以益己之智，智益老而胆益壮，则古人中之以威克、以识断者，若而人，吾师乎？

【译文】

冯梦龙说：“凡是能做天下大事的人，都有足够的胆略，而能否获得成功，则取决于智慧。”知道水会淹死人而不进入水中，知道火会烧伤人而不靠近火边。躲开水与火，并不是缺乏胆量，而是有智慧。然而若自信能进入水而不被淹死，进入火而不被烧伤，又为什么害怕而不敢接近呢？

智慧在人的心里，如同是君王一样，能心领神会君王的意图，而臣子要大胆地做下去，君王发布命令则臣子要坚决执行。若君王下令前进，而臣子却裹足不前，或者君王没有发号施令而臣子却冒昧蛮干，都说明心智太弱。所以胆不足要用智慧锤炼，胆太大要用智慧驾驭。智慧能产生胆量，胆略却不能产生智慧。刚而能克，勇而善断，靠的都是智慧。五代时期的赵思绾曾经说食人胆上千个，就可以增加胆略成为刚勇而不可战胜的人。因此他每杀死一人，便挖出人的胆来下酒。像这样妄想以他人之胆来增加自己的勇气，实在是太愚昧了！必须吸取他人的智慧来增加自己的智慧，越是有智慧，胆量也就越大。而古人中以威力战胜敌人，靠才识做出正确决断的人，不正是我们的老师吗？

班超

【原文】

窦固出击匈奴，以班超为假司马，将兵别击伊吾，战于蒲类海，多斩首级而还。固以为能，遣与从事郭恂俱使西域。

超到鄯善，鄯善王广奉超礼敬甚备，后忽更疏懈。超谓其官属曰：“宁觉广礼意薄乎？此必有北虏使来，狐疑未知所从故也。明者睹未萌，况已著耶。”乃召侍胡诈之曰：“匈奴使来数日，今安在？”胡侍惶恐，具服其状。超乃闭侍胡，悉会其吏士三十六人，与共饮。酒酣，因激怒之曰：“卿曹与我俱在西域，欲立大功，以求富贵。今虏使到数日，而王广礼敬即废。如令鄯善收吾属送匈奴，骸骨长为豺狼食矣！为之奈何？”官属皆曰：“今危亡之地，死生从司马！”超曰：“不入虎穴，不得虎子。当今之计，独有因夜以火攻虏，使彼不知我多少，必为震怖，可殄尽也。灭此虏则鄯善破胆，功成事立矣！”众曰：“当与从事议之。”超怒曰：“吉凶决于今日，从事文俗吏，闻此必恐而谋泄，死无所名，非壮士也！”众曰：“善！”

初夜，遂将吏士往奔虏营。会天大风，超令十人持鼓藏虏舍后，约曰：“见火然后鸣鼓大呼。”余人悉持弓弩，夹门而伏。超乃顺风纵火，前后鼓噪。虏众惊乱。超手格杀三人，吏兵斩其使及从士三十余级，余众百许人悉烧死。

明日乃还告郭恂，恂大惊，既而色动。超知其意，举手曰："掾虽不行，班超何心独擅之乎？"恂乃悦。超于是召鄯善王广，以虏使首示之，一国震怖。超晓告抚慰，遂纳子为质。

还奏于窦固，固大喜，具上超功效，并求更选使使西域。帝壮超节，诏固曰："吏如班超，何故不遣而更选乎？"令以超为军司马，令遂前功，超复受使。因欲益其兵，超曰："愿将本所从三十余人足矣。如有不虞，多益为累。"

是时于阗王广德新攻破莎车，遂雄张南道，而匈奴遣使监护其国。超既西，先至于阗。广德礼意甚疏，且其俗信巫，巫言神怒："何故欲向汉？汉使有騧马，急求取以祠我！"广德乃遣使就超请马。超密知其状，报许之，而令巫自来取马。有顷，巫至，超即斩其首以送广德，因辞让之。广德素闻超在鄯善诛灭虏使，大惶恐，即攻杀匈奴使而降超。超重赐其王以下，因镇抚焉。

【译文】

东汉时期，大将军窦固率军进攻匈奴，任命班超为代理司马，另外率领一支军队攻打哈密，与匈奴军战于蒲类海，斩获敌军无数后凯旋。窦固认为班超有才能，就派遣班超和从事郭恂一起出使西域。

班超

班超刚到鄯善时，鄯善国王广接待班超的礼节非常周备，但没过几天，忽然变得疏远怠慢起来。班超对他的下属官员说："你们难道没有觉察出鄯善国王广对我们冷淡了吗？这必定是北匈奴的使者来了，他犹豫不决，不知怎么办才好。目光敏锐的人能够在事情未露出苗头前就能觉察到，何况现在事情已经很明显了呢。"于是召见侍奉他们的胡人，假装已经知道内情，诈唬他们说："匈奴使者已经来了多日了，如今在什么地方？"侍奉他们的胡人十分惊慌害怕，把事情的原委全部说了出来。班超就把侍奉他们的胡人关了起来，将随同他前来的官吏和士兵共三十六人全部聚集起来，一同饮酒。喝酒喝到高兴的时候，班超借机故意激怒众人说：“诸位同我一起来到这边远的西域，就是想立大功以求富贵。如今匈奴使者才到鄯善几天，鄯善国王广就对我们不大尊敬了，如果北匈奴使者命令鄯善王把我们抓起来送到匈奴去，那么，咱们的骨头恐怕就只剩下喂豺狼的份了！ 你们说此事该怎么办？”班超属下都说：“如今已处于危亡的地步，死生都愿听从司马指挥！”班超说：“不入虎穴焉得虎子！当今之计，只有趁夜黑人静，用火攻击匈奴人，让他们不知道我们有多少人马，这样匈奴人必定十分恐慌，就可趁机把匈奴人全部歼灭。消灭了这些匈奴人，鄯善就吓破了胆，我们就大功告成、事业建立了！”众人说：“此事关系重大，应该和郭从事商量。”班超发怒道：“是吉是凶，就在今日了。从事是文官俗吏，听到这件事情必定害怕，计谋就会泄露出去，那时我们死了也不会有人知道，这不是壮士所为！”众人都说：“好！就这么干！”

夜幕刚刚降临，班超就带领官吏和士兵奔向匈奴人的营地。碰巧刮起大风，班超让十个人持战鼓藏在匈奴人的房舍后边，约定说：“看见火光燃起后，就擂鼓助阵，大声呼喊。”其余的人都带着弓箭，埋伏在门两边。班超顺着风势放起火来，前后鼓声震天，喊声大作。匈奴人惊恐慌乱，班超亲手杀死三人，官吏和士兵斩杀匈奴使者和随从士兵三十多人，其余一百多人，都被大火烧死。

第二天，班超才将事情的经过报告了郭恂，郭恂听后大惊，接着脸就变了。班超明白郭恂的意思，举手说：“从事虽然没有参加这次行动，但班超心里却没想过独占其功！”郭恂这才高兴起来。班超于是召见鄯善国王广，把匈奴使者的首级给他看，整个鄯善国都十分害怕。班超对鄯善王又晓之以理，喻之以情，好言安抚。鄯善王终于同意把儿子送到汉朝做人质。

班超回去向窦固报告斩杀匈奴使者一事，窦固非常高兴，将班超的功劳上奏朝廷，并请求另外派遣使者出使西域。汉明帝嘉奖班超的气节，颁诏给窦固说：“你的手下有像班超这样的人，为何不派遣班超去而另外选派别人呢？如今任命班超为军司马，命他完成上次的使命。”班超再次受命出使西域。窦固想给班超增加点随行兵马，班超说：“只带本部随从三十多人就够了！万一有什么不测，人多了反而会成为累赘。”

当时，于阗国王广德刚刚攻破莎车国，在西域南道称雄，而匈奴又派遣使者监护于阗国。班超到了西域之后，先到于阗国。广德对班超一行十分冷淡，而且于阗国又有崇拜巫师的习俗，巫师对国王广德说："神灵发怒，质问我们为何要归顺汉朝？汉朝使者有一匹良马，赶快取来祭祀我！"广德听信巫言，立即派遣使者到班超那里要马。班超已暗中获得了其中的详情，答应给马，但要巫师亲自来取马。不大一会儿，巫师就到了，班超立即将巫师斩首，把首级送给广德，因而责备广德。广德平日听说过班超在鄯善国诛杀匈奴使者的事，十分惊恐，立即攻杀匈奴使者，投降班超。班超重重赏赐了于阗国王及其属下，于是安抚并让其镇守于阗。

耿纯

【原文】

东汉真定王杨谋反，光武使耿纯持节收杨。纯既受命，若使州郡者至真定，止传舍。杨称疾不肯来，与纯书，欲令纯往。纯报曰："奉使见侯王牧守，不得先往，宜自强来！"

时杨弟让、从兄绀皆拥兵万余。杨自见兵强而纯意安静，即从属官诣传舍，兄弟将轻兵拒在门外。杨入，纯接以礼，因延请其兄弟。皆至，纯闭门悉诛之。勒兵而出，真定震怖，无敢动者。

【译文】

东汉光武帝时，有人揭发真定王刘杨谋反，光武帝刘秀派耿纯持节杖前去收服刘杨。耿纯接受诏命后，就先派使者前往知会，自己随后启程。抵达真定后，耿纯住在驿馆里。这时刘杨自称有病在身，不能前来拜见，只写了一封信给耿纯，希望耿纯能到他的住所见面。耿纯回信说："我是皇帝的特使，前来接见诸侯王和郡守，不能到你的住所，你还是勉强来一趟驿舍吧！"

当时刘杨的弟弟和堂兄各自都拥有上万的军队，刘杨盘算自己兵多气盛，而耿纯又很平静，就跟着属官进了官舍，刘杨的兄弟则率兵在门外等候。刘杨进屋后，耿纯很客气地接待他，并邀请他的兄弟们进屋入座。等他们都到齐后，耿纯下令封门，将他们全部斩杀。其后，耿纯带兵而出，真定人惊恐万状，没一个人再敢轻举妄动。

杨素

【原文】

杨素攻陈时，使军士三百人守营。军士惮北军之强，多愿守营。素闻之，即召所留三百人悉斩之。更令简留，无愿留者。又对阵时，先令一二百人赴敌，或不能陷阵而还者悉斩之。更令二三百人复进，退亦如之。将士股栗，有必死之心，以是战无不克。

【译文】

隋文帝初年，清河公杨素率命攻打陈国，他先留下三百名士兵守卫营寨。但隋军的将士都害怕北方军队的强悍勇猛，因此，大多数人都愿意留下守卫营寨。杨素听说后，立即把留下的三百人召来全部杀掉。然后，他又让大家自由选择是随军作战还是留下守营，结果再没有一个人愿意留下了。又在准备对阵交战时，杨素先令一二百人上前迎敌，如果不能攻陷敌阵而回来的话，就全部斩首，又令二三百人重新进攻，如果退回，也是全部斩首。将士因此都十分惊惧，上阵杀敌就抱着必死的决心，因此交战没有不胜的。

杨素

安禄山

【原文】

安禄山将反前两三日，于宅集宴大将十余人，锡赍绝厚。满厅施大图，图山川险易、攻取剽劫之势，每人付一图。令曰："有违者斩！"直至洛阳，指挥皆毕。诸将承命，不敢出声而去。于是行至洛阳，悉如其画。

【译文】

安禄山准备反叛的前两三天，在宅第聚集宴请十几名大将，并赏赐给他们丰厚的财物。整个宴会大厅挂满了地图，画有山河险易和攻城略地的进军路线，安禄山给每人一幅地图，命令大将们按所带之图进攻。说："违背军令者斩！"让他们领兵直捣洛阳。部署完毕，诸将接受了命令，不敢说话悄悄地离开了。于是，诸将率兵一路打到洛阳，一切都是按安禄山谋划的那样进行。

窦建德

【原文】

夏主窦建德微时，有劫盗夜入其家。建德知之，立户下，连杀三盗。余盗不敢入，呼取其尸。建德曰："可投绳下系取去。"盗投绳而下，建德乃自系，使盗曳出，捉刀跃起，复杀数盗。由是益知名。

【译文】

隋末夏主窦建德还是平民时，有一天夜里一群强盗闯入他家，窦建德发觉后，就站在门后，连杀三名闯进屋里的盗匪。其他盗匪一见，都不敢再翻墙进入屋内，在外面喊话要将同伴的尸体取走。窦建德说："你们丢下绳索，好让我绑上尸首再拉出去。"盗匪将绳索抛下以后，窦建德却将绳索绑在自己身上，当盗匪用力拽时，窦建德挥刀跃起，又杀了几名盗匪。从此以后窦建德就更出名了。

薛元赏

【原文】

李相石在中书，京兆尹薛元赏尝谒石于私第。故事，百僚将至相府，前驱不复呵。元赏下马，石未之知，方在厅，若与人诉竞者。元赏问焉，曰："军中军将。"元赏排闼进曰："相公朝廷大臣，天子所委任，安有军中一将而敢无礼如此？夫纲纪凌夷，犹望相公整顿，岂有出自相公者耶？"即疾趋而去，顾左右："可使擒来！"

时仇士良用事，其辈已有诉之者。宦官连声传士良命曰："中尉奉屈大尹。"元赏不答，即命杖杀之。士良大怒。元赏乃白衣请见士良。士良出曰："何为擅杀军中大将？"元赏具言无礼状，且曰："宰相大臣也，中尉亦大臣也。彼既无礼于此，此亦可无礼于彼乎。国家之法，中尉宜保守，一旦坏之可惜。某已白衫待罪矣！"士良以其理直，顾左右取酒饮之而罢。

【译文】

唐朝李石任宰相时，京兆尹薛元赏到李石的家中去拜访。按照先例，百官将要到相府时，前面的仪仗队不能再呵斥开道了。薛元赏已经在门口下马，但李石并未察觉有客人到，正在客厅里好像与人争吵。便问那人是谁。旁人答道："是神策军中的一个将军。"薛元赏推门走进厅堂，对李石说："相国您身为朝廷大臣，接受天子的任命委托，怎能容许一名军中将领对您如此无礼呢？当今朝廷纲纪败坏，还要借相国之力大加整顿，相国又怎么能容忍这种败坏礼仪纲纪的事呢？"说完立即策马离去，并回头对手下说："马上把那个将领给我抓起来。"

当时，正是宦官仇士良当权，他又是神策军的中尉，有人将此事报告给他。仇士良命宦官传令给薛元赏："仇中尉请您屈驾相见。"薛元赏一句话没说，只是命人用杖刑打死了与宰相争吵的军官。仇士良得知后大为生气。薛元赏却脱下官服，换上平民的装束前往求见仇士良。仇士良见了薛元赏说："你为什么擅自决定杀一名军中大将？"薛元赏于是诉说当时那名将军无礼的情景，并且说："宰相是朝廷大臣，中尉您也是朝廷大臣。他既然可以对宰相无礼，我是否也可对中尉您无礼呢？国家礼法，中尉应当谨守维护，一旦破坏了纲纪，那就太遗憾了。我现在已准备好等您治罪！"仇士良见他句句在理，便命左右备酒款待，不再追究此事。

齐桓公

【原文】

宁戚，卫人，饭牛车下，扣角而歌。齐桓公异之，将任以政，群臣曰："卫去齐不远，可使人问之，果贤，用未晚也。"公曰："问之，患其有小过。以小弃大，此世所以失天下士也。"乃举火而爵之上卿。

【译文】

春秋时，卫国人宁戚在车旁喂牛，他一边敲打着牛角一边唱歌。齐桓公认为他是个奇士，准备任用他主持政事，但大臣们却劝阻说："卫国离齐国并不远，不如先派人打听他的情况，如果他确实是个贤能之人，再任用也不迟。"齐桓公说："调查后可能会发现他有小缺点。因小失大，这就是人们常常失去天下贤士的原因。"当天夜里，齐桓公就拜宁戚为上卿。

宁戚饭牛

高洋

【原文】

高洋内明而外晦，众莫知也，独欢异之，曰："此儿识虑过吾。"时欢欲观诸子意识，使各治乱丝，洋独持刀斩之，曰："乱者必斩！"

【译文】

高洋很聪明，但外表显得很糊涂，大家并不了解他，只有高欢看出高洋与众不同，说："高洋这孩子的见识和智谋都超过了我。"有一次，高欢为测试儿子们对事物的应变能力，就交给每个儿子一把乱丝，要他们整理。当其他儿子正忙着整理乱丝时，只有高洋拿起刀斩断乱丝，说："凡是乱的东西，必须斩断！"

术智部

总叙

【原文】

冯子曰：智者术所以生也，术者智所以持也。不智而言术，如傀儡百变，徒资嘻笑，而无益于事；无术而言智，如御人舟子，自炫执辔如组，运楫如风，原隰关津，若在其掌。一遇羊肠太行、危滩骇浪，辄束手而呼天，其不至颠且覆者几希矣。

蠖之缩也，蛰之伏也，麝之决脐也，蚺之示创也，术也。物智其然，而况人乎？李耳化胡；禹入裸国而解衣；孔尼较猎；散宜生行贿；仲雍断发文身，裸以为饰。不知者曰：圣贤之智，有时而殚。知者曰：圣贤之术，无时而窘。婉而不遂，谓之"委蛇"；匿而不章，谓之"谬数"；诡而不失，谓之"权奇"。不婉者，物将格之；不匿者，物将倾之；不诡者，物将厄之。呜呼！术神矣，智止矣！

【译文】

冯梦龙说：人的智慧，是权谋产生的源泉；权谋，又是人的智慧赖以发挥的途径。如果没有智慧，就好像是舞台上木偶的表演，尽管千变万化，终究只能供人们用作闲时的谈资而已，而对如何解决问题是毫无帮助的。但如果没有策略而空谈智慧如何高超，也就好像蹩脚的车夫和船夫，自我吹嘘运鞭自如，运楫犹风，不管是遇到平原沼泽，或是关隘津渡，都驾轻就熟。然而真正碰到了羊肠小道或惊涛骇浪，他们便束手无策而呼天唤地，几乎没有不翻车沉船的。

在自然界里，尺蠖退缩，蛰虫潜伏，麝咬肚脐，蟒现创口，这些都是它们在紧要关头保护自己的独特手段。动物尚且有如此显示自己智慧的本能，更何况人类呢？想当初，老子化装成胡人去西域，大禹脱光衣服入裸国，孔夫子在鲁国狩猎，散宜生在殷商行贿，更有仲雍剃光头发裸体纹身，都是典型的例子。而那些无知的人却会这样说：“圣贤看来也有智慧枯竭的那一天啊！”聪明人却会不以为然，反驳他们道：“圣贤的办法是无穷无尽的，从来不会有所谓枯竭的时候。”圣贤们如果委曲求全，而不因循守旧，这就叫作“委曲求全”；如果隐匿躲藏而不抛头露面，这就叫作“去显用隐”；如果欺骗了敌人而又保全了自己，这就叫作“善于应变”。如果遇到顽敌而不委曲求全，那么，事业就要受到阻碍；如果遇到危险而不隐匿躲藏，那么，生命就要受到威胁；如果遇到对头而不欺骗他们，那么，自己就要遭受困厄。哎呀，权谋实在神奇啊，智慧实在令人叹为观止啊！

箕子

【原文】

纣为长夜之饮而失日。问其左右，尽不知也。使问箕子，箕子谓其徒曰：“为天下主，而一国皆失日，天下共危矣！一国皆不知，而我独知之，吾其危矣！”辞以醉而不知。

【译文】

商纣王荒淫无道，不理朝政而彻夜饮酒作乐。一天，他竟搞不清是什么日子了，问身边的人，也都不知道日期。派人去问箕子，箕子对他的弟子说：“作为天下的主宰，而使整个国家的人都没有日月的概念，天下人都危险了！整个国家的人都不知道时日，而只有我一人知道，我也就危险了！”于是假装喝醉了酒，也说自己不知道日期。

孔融

【原文】

荆州牧刘表不供职贡，多行僭伪，遂乃郊祀天地，拟斥乘舆。诏书班下其事，孔融上疏，以为“齐兵次楚，惟责包茅。今王师未即行诛，且宜急郊祀之事，以崇国体。若形之四方，非所以塞邪萌。”

【译文】

东汉末年，荆州牧刘表不按时向朝廷进贡，干了许多越轨的事，甚至在郊外祭祀天地，模仿帝王行事。汉献帝因此颁布诏书，予以斥责。孔融上疏进谏，认为齐桓公带兵伐楚，只是责问楚王不贡包茅之酒的罪过。如今国家的军队并未对刘表进行讨伐，就应当先重视郊祀这样的大事，以维护国家的尊严。如果将刘表的行为昭告四方那只会使更多的野心家仿效行事，这不是阻止奸邪萌生蔓延的好办法。

孔融

叔孙通

【原文】

叔孙通初以儒服见，汉王憎之。通即变服，服短衣楚制，王喜。时从弟子百许，通无所言，独言诸故群盗壮士进，诸儒皆怨。通闻之曰：“诸生宁能斗乎？且待我，毋遽。”

【译文】

汉朝人叔孙通初次拜见汉王刘邦时，穿着儒士的服装，汉王见了觉得很讨厌。于是叔孙通就更换衣裳，全部是楚国人的短衣打扮，汉王看到后很高兴。当时叔孙通门下有一百多弟子，他不教别的，只讲旧时的强盗、游侠如何升官发财的故事，弟子们听了都有抱怨。叔孙通听了儒士们的怨言后说：“你们都不希望打斗吧？那就不必急，以后等我来举荐你们。”

王守仁

【原文】

王龙溪妙年任侠，日日在酒肆博场中，阳明亟欲一会不能也。阳明却日令门弟子六博投壶、歌呼饮酒。久之，密遣一弟子瞯龙溪，随至酒肆家，索与共赌。龙溪笑曰："腐儒亦能博乎？"曰："吾师门下日日如此。"龙溪乃大惊，求见阳明。一睹眉宇，便称弟子。

【译文】

明朝人王龙溪年轻时豪放仗义，每天都出入于酒楼赌场，饮酒赌博，王阳明（名守仁，字伯安）很早就欣赏他，并想与他相见，可始终没有合适时机。王阳明回去后，令门下弟子每天都玩六博、投壶一类的游戏，大呼小叫，饮酒作乐。时间长了，秘密派一名弟子去窥视龙溪的行动，跟随王龙溪到了一家酒家，要和王龙溪赌个输赢。王龙溪笑着说："迂腐的书生也会赌博吗？"那人回答说："我的老师王阳明的门下每天都是这样。"王龙溪一听大惊，要求见王阳明。一见王阳明那不凡的气宇，立刻就拜王阳明为师，自称弟子。

王戎

【原文】

戎族弟敦，有高名，戎恶之。每候戎，辄托疾不见。孙秀为琅琊郡吏，求品于戎从弟衍，衍将不许，戎劝品之。及秀得志，有夙怨者皆被诛，而戎、衍并获济焉。

【译文】

王戎的同族兄弟王敦，名气很大，王戎讨厌他。每次王敦来拜会戎哥的时候，他就假称有病不见。孙秀在琅琊郡做官时，请求王戎的堂弟王衍写篇文章来褒奖自己。王衍原打算拒绝，后来在王戎的劝说下，王衍才为孙秀写了一篇歌功颂德的文章。等到孙秀得志的时候，和孙秀过去有仇怨的人都被杀了，而王戎、王衍却都得到了孙秀的关照。

东方朔

【原文】

武帝好方士，使求神仙不死之药。东方朔乃进曰："陛下所使取者，皆天下之药，不能使人不死，惟天上药，能使人不死。"上曰："天何可上？"朔对曰："臣能上天。"上知其谩诈，欲极其语，即使朔上天取药。朔既辞去，出殿门复还，曰："今臣上天似谩诈者，愿得一人为信。"上即遣方士与俱，期三十日而返。朔既行，日过诸侯传饮，期且尽，无上天意。方士屡趋之，朔曰："神鬼之事难预言，当有神来迎我。"于是方士昼寝。良久，朔遽觉之曰："呼君极久不应。我今者属从天上来。"方士大惊，具以闻。上以为面欺，诏下朔狱。朔啼曰："朔顷几死者再！"上曰："何也？"朔对曰："天帝问臣：'下方人何衣？'臣朔曰：'衣虫。''虫何若？'臣朔曰：'虫喙髯髯类马，色邠邠类虎。'天公大怒，以臣为谩言，使使下问。还报曰：'有之，厥名蚕。'天公乃出臣。今陛下苟以臣为诈，愿使人上天向之。"上大笑曰："善！齐人多诈，欲以喻我止方士也！"由是罢诸方士不用。

【译文】

汉武帝好和方士在一起，经常让他们给他寻找不死之药。东方朔就进谏说："陛下，方士所给你取的药都是普天下都有的药，不能使人不死。只有天上的药才能让你长生不老。"皇上说："怎样才能上到天上？"东方朔回答说："臣能上天。"皇上知道东方朔是在欺骗自己，但为了戳穿

东方朔

他的谎言，便派他上天取药。东方朔告辞以后，刚走出殿门后，又走了回来，并说："今天为臣如果上天，陛下一定说我在撒谎。请求派一人作证。"武帝当即派一名方士，和他一同前去，并约定三十天后返回。东方朔出发以后，每天都在诸侯处饮酒、游戏，承诺的期限很快到了，还没有上天之意。同行的这位方士多次催他，他说："神鬼之事不能预料，会有神仙前来迎接我的。"于是这位方士便在白天睡觉去了。过了很长一段时间，东方朔突然叫醒方士说："我叫了你半天都不答应，我是刚从天上下来的。"方士听后大惊，便当即告知了武帝。武帝认为东方朔欺骗他，于是便要下诏把他抓进监牢。东方朔大声啼哭说："臣刚才有几次都差点死去！"武帝说："什么？"东方朔回答说："我到了天上以后，天帝问我天下人都穿什么衣裳？我说穿着虫子。天帝又问：虫是什么样子？我说虫的嘴上有胡须，像马一样，颜色红白相间，像虎一样。天帝大怒，认为为臣说谎，便派使者下凡询问，使者向天帝回说，是有这样的事，这虫子叫作蚕。天帝这才释放了臣。如今陛下如果认为臣在说谎，请派人到天上查问。"武帝大笑说："好啊。齐地人喜欢骗人，原来你是想劝我疏远方士。"于是，武帝便罢免了许多方士的职位，不再信任他们。

留侯

【原文】

高帝欲废太子，立戚夫人子赵王如意，大臣谏，不从。吕后使吕泽劫留侯画计。留侯曰："此难以口舌争也。顾上有不能致者四人，四人者老矣，以上慢侮人故，逃匿山中，又不为汉臣。然上高此四人。诚能不爱金帛，令辩士持太子书，卑辞固请，宜来。来以为客，时时从入朝，令上见之，则一助也。"吕后如其计。汉十二年，上疾甚，愈欲易太子。叔孙太傅称说，古今以死争上佯许之，犹欲易之。及宴，置酒，太子待，四人者从，年皆八十余，须眉皓然，衣冠甚伟。上怪而问之，四人前对，各言姓名，曰东园公、角里先生、绮里季、夏黄公。上乃大惊曰："吾求公数载，公避逃我，今何自从吾儿游乎？"四人皆曰："陛下轻士善骂，臣等义不受辱。窃闻太子仁孝，恭敬爱士，天下莫不延颈欲为太子死者，故臣等来耳。"上曰："烦公幸卒调护太子。"四人为寿已毕，趋去。上目送之，曰："羽翼已成，难摇动矣。"

【译文】

汉高祖刘邦想废掉太子刘盈，立戚夫人的儿子赵王如意做太子，大臣们劝谏，高祖全都拒绝了。于是吕皇后派吕泽到留侯张良那里去问该怎么办？留侯说："这事情用口舌说不清。皇上请不来的有四人。这四个人也都老了，且都认为皇上言而无信，好轻侮人，故逃匿深山之中，立誓不做汉臣。但皇上对这四人却特别器重。如果能不惜爱金帛，派能说会道的人拿上太子的书信，用卑微的姿态坚决请他们出山，他们是会来的。来了以后，就要把他们当尊贵的宾客，经常把他们领入朝中，让皇上时时看到他们，就能助成此事。"吕后言听计从。汉十二年，高祖的病更加严重了，高祖更加想废掉太子了。太傅叔孙通说道，从古到今，大臣们对废立太子之事，都是要以死相争的，高祖假装应允，但内心里还是想废黜太子。有一天，太子陪高祖饮酒，有四位老人相随，年龄都已经八十开外了，须眉皆白，衣冠整齐。高祖觉得奇怪，便向他们询问，四人上前回答，各自说了姓名，分别叫东园公、角里先生、绮里季和夏黄公。皇上吃惊地说："我把你们寻求了多年，你们都避而不见，今天你们为何又与我儿在一起呢？"四人都说："陛下看不起士人，经常辱骂他们，臣等立誓不受陛下侮辱。但听说太子仁义孝顺，对士人恭敬，天下没有人不拥戴，都想为太子效力，把生死都置之度外，因此我们来到了太子身边。"高祖说："劳烦诸公好好调教护佑太子。"四人向高祖祝寿完毕，都告辞而去。皇上目送他们时说："太子的羽翼已经丰满，实在难以摆布了。"

张良

王振

【原文】

北京功德寺后宫像极工丽。僧云：正统时张太后常幸此，三宿而返。英庙尚幼，从之游，宫殿别寝皆具。太监王振以为：后妃游幸佛寺，非盛典也，乃密造此佛。既成，请英庙进言于太后曰："母后大德，子无以报，已命装佛一堂，请致功德寺后宫，以酬厚德。"太后大喜，许之，命中书舍人写金字藏经置东西房。自是太后以佛经在，不可就寝，不复出幸。

【译文】

北京功德寺后宫的佛像造得极其精致华丽。有僧人说：正统年间，张太后经常光顾这里，住三个夜晚后返回。英宗年纪幼小，常跟随太后一起来，后宫中游玩、睡觉的地方什么都有。太监王振认为按法典规定，后宫嫔妃是不能来佛寺游玩的，就秘密建造了这座佛像。佛像塑成之后，就请英宗向张太后进言说："母后恩德盛大，儿子没有什么来报答，已命他们为您装饰一佛堂，就在功德寺后宫，用以酬谢母后的大恩大德。"张太后十分高兴，就同意了，英宗命中书舍人用金字写成经文藏置在后宫东西厢房处。从此以后，张太后因后宫有佛像和佛经，不可以在里边睡觉休息，就不再来功德寺游玩了。

颜真卿

【原文】

真卿为平原太守，禄山逆节颇著。真卿托以霖雨修城浚濠、阴科丁壮，实储廪，佯命文士饮酒赋诗。禄山密侦之，以为书生不足虞。未几禄山反，河朔尽陷，惟平原有备。

【译文】

唐朝颜真卿任平原太守的时候，安禄山反叛的迹象已很明显。颜真卿假托连续阴雨天气的原因修城墙、挖壕沟，暗中招募训练壮年男子，充实仓库储备，同时又让文士们饮酒作诗掩人耳目。安禄山派人暗中侦察，认为颜真卿这些人不过是一些书生不值得担心。过了不久，安禄山果然反叛，河朔一带全部陷落，只有平原郡因为有防备得以保全。

晏婴

【原文】

公孙接、田开疆、古冶子同事景公，恃其勇力而无礼。晏子请除之。公曰："三子者搏之不得，刺之恐不中也。"晏子请公使人馈人二桃，曰："三子何不计功而食桃？"公孙接曰："接一搏猏，而再搏乳虎，若接之功，可以食桃而无与人同矣！"援桃而起。田开疆曰："吾伏兵而却三军者再。若开疆之功，亦可以食桃而无与人同矣！"援桃而起。古冶子曰："吾尝从君济于河，鼋衔左骖，以入砥柱之流。当是时也，冶少不能游，潜行逆流百步，顺流九里，得鼋而杀之。左操骖尾，右挈鼋头，鹤跃而出。津人相惊，以为河伯。若冶之功，亦可以食桃而无与人同矣。二子何不反桃！"抽剑而起。公孙接、田开疆曰："吾勇不子若，功不子逮。取桃不让，是贪也；然而不死，无勇也！"皆反其桃，挈领而死。古冶子曰："二子死之，冶独生之，不仁！耻人以言，而夸其声，不义！恨乎所行不死，无勇！"亦反其桃，挈领而死。使者复命，公葬之以士礼。其后诸葛亮作《梁甫吟》以哀之。

【译文】

公孙接、田开疆和古冶子同朝为官效力于齐景公，他们自恃勇猛过人

晏婴

而经常傲慢无礼。晏子建议景公应除掉三人。但景公却说："这三个人要想抓捕却无人敢去，要想刺杀他们又怕失手。"晏子心生一计，便请景公派人送给这三人两个桃子，并告诉他们："你们三人应按照功劳，去分食桃子。"接到桃子后，公孙接说："我能生擒野猪，搏击母虎，按我的功劳无人再与我比，应该食桃。"说完就站起身来，拿走了一个桃子。田开疆说："我能带领伏兵，接连打败敌军，按我的功劳无人再与我比，应该食桃。"说完站起来，也拿走了一个桃子。古冶子说："我曾和君主在一次渡河的时候，一只大鳖咬住了车左右的马头，拖入了砥柱之急流。当时我年纪还很小不会游泳，便潜行逆流数百步，顺流而下九里，终于把大鳖杀死。当时我左手拉住马尾，右手抓住鳖头，从水中跳了上来。河边的人大惊失色，以为是河伯出世。按我的功劳无人能再与我比，应该食桃。你们二人为何不把桃交给我呢？"说完以后，拔剑而起。公孙接和田开疆说："我的勇力不如你，功劳也比不上你，抢走桃子而不知道谦让，这是贪心的表现；但却没有去死，这是胆怯的表现。"他们都把桃返身放回原处，然后割断喉咙而死。古冶子说："二位壮士都死了，我却一人活着，这是不仁；侮辱别人，抬高自己，这是不义；我对自己的行为十分悔恨而不死，这是缺乏勇气。"他也把桃返身放回原处，也割断喉咙而死。送桃子的使者向景公报告了此事，景公用士礼将他们安葬。后来诸葛亮作《梁甫吟》一文，对他们表示哀悼。

唐太宗

【原文】

薛万彻尚丹阳公主。太宗尝谓人曰："薛驸马村气。"主羞之，不与同席数月。帝闻而大笑，置酒召对。握槊，赌所佩刀。帝佯不胜，解刀以佩之。罢酒，主悦甚，薛未及就马，遽召同载而还，重之逾于旧。

【译文】

唐代薛万彻娶丹阳公主作为妻子。唐太宗曾经对人说："薛驸马有些俗气！"公主为此感到十分羞愧，几个月不与薛万彻同席。唐太宗听说后大笑，摆设酒席，召薛万彻和公主一起游戏。太宗与驸马玩"握槊"游戏，并以佩刀为赌注。太宗假作不能取胜，解下佩刀给薛万彻佩带上。酒席散后，公主十分高兴，薛万彻还没来得及上马，公主就急着召他上车一同回去，两人不计前嫌，和好如初。

狄青

【原文】

陕西豪士刘易多游边，喜谈兵。韩魏公厚遇之。狄青每宴设。易喜食苦马菜，不得，即叫怒无礼。边地无之，狄为求于内郡。后每燕集，终日惟以此菜啗之。易不能堪，方设常馔。

【译文】

陕西侠士刘易经常游历边塞，并喜爱谈论军事。韩琦对他十分器重。狄青多次设置宴会来款待他。刘易喜爱吃苦马菜，吃不到就大喊大叫无礼取闹。边境没有苦马菜，狄青派人到内地郡县去寻找采购。以后每次宴饮聚会，整天就只给刘易吃这种菜。刘易终因只给他吃这种菜而无法忍受，这才为他换上了平常的饭菜。

王安石

【原文】

王舒王越国吴夫人，性好洁成疾，王任真率，每不相合。自江宁乞骸归私第。有官藤床，吴假用未还，郡吏来索，左右莫敢言。王一旦跣而登床，偃仰良久。吴望见，即命送还。

【译文】

王安石的妻子吴氏被封为越国夫人，生性洁净成癖，而王安石任情自然，二人经常合不来。王安石自江宁请求辞官后，回到自己的家乡。当初吴氏曾借了官府家的一张藤床而没有归还。郡中的官吏来要，身边的人却没一个敢张口。一天早上，王安石光着脚走进屋子并上了藤床，仰着面睡了很久。吴氏远远地看见，认为他把床弄脏了，心里很不舒服就立即让人给送了回去。

孔子

【原文】

孔子居陈，去，适蒲，会公叔氏以蒲叛。蒲人止孔子，谓之曰："苟无适卫，吾出子。"与之盟。出孔子东门，孔子遂适卫。子贡曰："盟可负耶？"孔子曰："要盟也，神不听。"

【译文】

孔子从此前居地陈国往蒲地去，恰逢公叔氏在蒲地叛乱。蒲人拦住孔子一行，对他说："如果你不去卫国，我们就给你放行。"孔子答应了，并与蒲订立了盟约。于是蒲人便把他送出东门，孔子走出东门后，径直去了卫国。子贡问道："盟约可以背叛吗？"孔子说："要挟人所订立的盟约，神是不会去管的。"

宋太祖

【原文】

艺祖既以杯酒释诸将兵权，又虑其所蓄不赀。每人赐地一方盖第，所费皆数万。又尝赐宴，酒酣，乃宣各人子弟一人扶归。太祖送至殿门，谓其子弟曰："汝父各许朝廷十万缗矣。"

诸节度使醒，向所以归？不失礼于上前否？子弟各以缗事对，疑醉中真有是言。翌日，各以表进如数。

【译文】

宋太祖借用杯酒解除了众将的兵权，又担心他们积敛太多的钱财，就赐给每人一块土地用来建造宅院，而费用都需好几万。又有一次赐众将酒宴，喝酒喝得很痛快，宴罢就宣召各将的一个子弟将他们的父亲扶回去。太祖送到殿门，对众将的子弟说："你们的父亲各自答应给朝廷十万缗钱了！"诸节度使酒醒之后，问怎么回来的，在皇上面前失礼没有？子弟们就说你们已经答应给朝廷十万缗。众将怀疑酒醉时真的说过这话。第二天，每人上表如数向朝廷进奉。

宋太祖赵匡胤

宋太宗

【原文】

宋太宗即位初年，京师某街富民某，有丐者登门乞钱，意未满，遂詈骂不休。众人环观，靡不忿之。忽人丛中一军尉跃出，刺丐死，掷刀而去。势猛行速，莫敢问者。街卒具其事闻于有司，以刀为证。有司坐富民杀人罪。既谳狱，太宗问某："服乎？"曰："服矣。"索刀阅之，遂纳于室，示有司曰："此吾刀也。向者实吾杀之，奈何枉人？始知鞭笞之下，何罪不承？罗钳吉网，不必浊世。"乃罚失人者而释富民，谕自今讯狱，宜加慎，毋滥。

【译文】

宋太宗刚刚登上皇位的时候，在京城有一乞丐在某街一个富家大户门前乞讨钱物，因为不满意，便骂个不停，围观之人，无不愤恨。突然人群

宋太宗赵光义

中有位军尉跳了出来，拔出佩刀刺死了这个乞丐，并抛下佩刀扬长而去。其来势凶猛，离去迅速，无人敢问。巡街兵士将此事告知了相关署衙，并拿出佩刀作证。署衙门便判定乞丐是富民杀的。经过审讯后定案，呈报朝廷复审。宋太宗询问凶手是否招认，回答说："已经招认。"太宗便命令将凶器拿来查看。太宗看完刀后，把它藏在屋内，并对衙司说："这是我的佩刀。我不久前真的杀一乞丐，怎能冤枉别人呢？我今天才知在皮鞭之下，任何罪名哪有不承认的？酷刑冤狱，不一定只在世道浑浊时才有啊。"于是便处罚了相关的官吏，释放了那位富人。并告诫官员说：从今以后，在审狱问案之时，一定要慎之又慎，千万不要再滥用酷刑了。

狄青

【原文】

南俗尚鬼。狄武襄征侬智高时，大兵始出桂林之南，因祝曰："胜负无以为据。"乃取百钱自持之，与神约："果大捷，投此钱尽钱面。"左右谏止："倘不如意，恐阻师。"武襄不听。万众方耸视，已而挥手倏一掷，百钱皆面。于是举军欢呼，声震林野。武襄亦大喜，顾左右取百钉来，即随钱疏密，布地而帖钉之，加以青纱笼，手自封焉，曰："俟凯旋，当谢神取钱。"其后平邕州还师，如言取钱。幕府士大夫共视，乃两面钱也。

【译文】

南方地区的人们都崇尚鬼神。狄青奉命征讨侬智高时，当军队刚刚从桂林出发，狄青像念咒语一样地说："这次南征胜败无所凭据。"狄青手拿百枚铜钱，与神相约说："如果能大获全胜，抛出去的钱全部正面朝上。”左右劝谏说，如果不能如意，恐怕会影响士气。但狄青不听，在万众兵士瞩目之下，他把手一挥一百钱全部掷出，结果全为正面。于是兵士们欢声雷动，响彻山谷，狄青也很高兴。接着，他又派人拿来百个铁钉，按照铜钱分布的疏密，将每个铜钱都固定在地上，并亲手用青纱盖在钱面之上，并说：“到凯旋时，再谢神取钱。”后来，他在平定了邕州、班师返回之时，按照原来的说法取铜钱。幕僚和士大夫们争相取钱观看，才发现这些钱的两面都一样。

令狐楚

【原文】

令狐楚除守兖州，州方旱俭，米价甚高。迓使至，公首问米价几何？州有几仓？仓有几石？屈指独语曰：“旧价若干，诸仓出米若干，定价出粜，则可赈救。”左右窃听，语达郡中，富人竞发所蓄，米价顿平。

【译文】

令狐楚任职兖州刺史，任上时州内发生大旱，米价昂贵，迎接他的使者到来以后，他先询问米价多少？州内有几个仓库？每个仓库贮米几石？然后他便屈指计算，又自言自语道：“原来米价多少，每仓拿出若干，定价出卖，即可赈救饥民。”随从左右暗自偷听，并迅速将这些话传到郡中，富人们因此都竞相出售所存米粟，米价也迅速平稳下来。

王导

【原文】

王敦威望素著，一旦举兵内向，众咸危惧。适敦寝疾，王导便率子弟发哀。众闻，谓敦死，咸有奋志。

【译文】

王敦的威望一向很高，一旦率兵进攻建康，大家都感到害怕和恐惧。恰巧王敦患病，王导便率子弟举哀哭丧，众人听说以后，都以为王敦已死，马上精神得到安抚为之一振。

太史慈

【原文】

北海相孔融闻太史慈避地东海，数使人馈问其母。后融为黄巾贼所围，慈适还，闻之，即从间道入围见融。融使告急于平原相刘备。时贼围已密，众难其出。慈乃带韃弯弓，将两骑自从，各持一的持之，开门出，观者并骇。慈径引马至城下堑内，植所持的射之，射毕还，明日复然，如是者再。围下人或起或卧，乃至无复起者，慈遂严行蓐食，鞭马直突其围。比贼觉，则驰去数里许矣。竟从备乞兵解围。

【译文】

北海相孔融听说太史慈为躲避灾祸而隐居在东海，多次派人问候太史慈的母亲。后来，孔融被黄巾军围困，太史慈恰好回来，听说此事，当即从小道进入包围圈并拜见了孔融。孔融让太史慈向平原相刘备告急求救。当时，黄巾军包围得十分严密，众人认为太史慈难以突围而出。太史慈就带着盛弓的袋子，手持弯弓，带领两个骑兵每人各持一箭靶，打开城门而出，围城的人看到立刻紧张起来。太史慈直接纵马至城下堑壕内，竖起箭靶。弯弓就射，射完之后就返回了城中。第二天同样如此，如此持续了好几天。围城的人有的起身，有的躺着，以至于到后来都懒得起来。太史慈于是就整备行装，早早吃过饭，打马直冲入黄巾军的包围圈。等到黄巾军发觉，太史慈的马已经跑出几里路远了。后来从刘备那里请来救兵，解了孔融之围。

捷智部

总叙

【原文】

冯子曰：成大事者争百年，不争一息。然而一息，固百年之始也。夫事变之会，如火如风。愚者犯焉，稍觉则去而违之，贺不害斯已也。今有道于此，能返风而灭火，则虽拔木燎原，适足以试其伎而不惊。尝试譬之足力，一里之程，必有先至，所争逾刻耳。累之而十里百里，则其为刻弥多矣。又况乎智之迟疾，相去不啻千万里者乎。

军志有之，兵闻拙速，未闻巧之久。夫速而无巧者，必久而愈拙者也。今有径尺之樽，置诸通衢，先至者得醉，继至者得尝，最后至则干唇而返矣。叶叶而摘之，穷日不能髡一树，秋风下霜，一夕零落，此言造化之捷也。人若是其捷也，其灵万变，而不穷于应卒，此惟敏悟者庶几焉。呜呼！事变之不能停而俟我也审矣。天下亦乌有智而不捷、不捷而智者哉！

【译文】

冯梦龙说：成大事的人，考虑的都是长久之策，而不是一瞬间的小事。然而，一瞬间正是百年的开始。尤其在事物突变的时候，形势的发展就像火借风势一样来势迅猛。愚昧的人就可能蒙受损失，而稍微明智的人觉察到就能远离灾害，也只会庆幸灾难没有降临在自己头上而已。假如掌握了其中规律，就能使风向掉头，把火灭掉，即使面对能拔掉大树的风和燎原之火，也不会惊慌，而恰好给他了一个施展才智的机会。这就如同以一里路程跑步为例，先到后到相差的虽然往往只有很短的时间。但十里百里的长路累积下来，差别便很大了。更何况智者和愚者的智力差别，千里万里也远远不止。

兵书说，用兵只听说有迟缓和神速之分，未听说巧妙而又持久。快捷而不灵巧，时间一长必然就会更加笨拙。正像把直径尺余的一樽美酒摆在大街之上，先到的人能痛饮大醉，陆续赶到的人也还能尝到一点，至于最后来的人便只能口干舌燥地往回走。满树的叶子你要一片一片地摘，一整天也摘不完一棵树，而秋风一起，寒霜一降，树叶在一夜之间就可以落尽，这就是天地造化的迅捷。人若能如此敏捷，他的灵感就能千变万化，而不会在仓促之间穷于应对，这只有具备真正智慧的人才可能做得到。唉！变化的事物是不会停下来让你我想办法应对它的。天底下没有聪明而不敏捷的人，也没有敏捷而不聪明的人！

鲍叔

【原文】

公子纠走鲁，公子小白奔莒。既而国杀无知，未有君。公子纠与公子小白皆归，俱至，争先入。管仲扞弓射公子小白，中钩。鲍叔御，公子小白僵。管仲以为小白死，告公子纠曰："安之，公子小白已死矣。"鲍叔因疾驱先入，故公子小白得以为君。鲍叔之智，应射而令公子僵也，其智若镞矢也。

【译文】

齐国发生动乱，公子纠逃到鲁国，公子小白出奔到莒地。接着，齐国人杀了篡位的国君公子无知，齐国没有了国君。公子纠和公子小白一起到了边境，都想抢先进入齐国。管仲开弓射公子小白，射中了小白的衣带钩。鲍叔驾车，公子小白僵卧不动。管仲认为小白已经死了，告诉公子纠说："放心吧，公子小白已经死了！"鲍叔趁机迅速驾车奔驰，先入齐国境内，所以公子小白得以成为齐国国君。鲍叔的智慧，在于箭矢射来的一刹那而令公子小白僵卧，他应变的智慧如同疾速的箭一样迅捷。

管仲

【原文】

齐桓公因鲍叔之荐，使人请管仲于鲁。施伯曰：“是固将用之也。夷吾用于齐，则鲁危矣！不如杀而以尸授之。”鲁君欲杀仲，使人曰：“寡君欲亲以为戮，如得尸，犹未得也。”乃束缚而槛之，使役人载而送之齐。管子恐鲁之追而杀之也，欲速至齐，因谓役人曰：“我为汝唱，汝为我和。”其所唱适宜走，役人不倦，而取道甚速。

【译文】

因为有鲍叔的举荐，齐桓公便派人到鲁国请管仲。鲁国大夫施伯说：“这是齐国要重用管夷吾啊！如果夷吾在齐国得到任用，鲁国就危险了！不如杀了他把尸首给他们。”鲁国国君想杀掉管仲，齐国的使者连忙阻止说：“我的国君想亲手杀了他，如果您只把尸首送回去，像没有得到一样。”就把管仲捆绑起来，戴上枷锁，派差役用车把管仲送回了齐国。管仲恐怕鲁人后悔而来追杀，想尽快到齐国，于是对差役说：“我给你唱歌，你给我唱和。”管仲唱的歌有利于人们行走，差役不觉疲倦，所以一路上走得很快。

汉高帝

【原文】

楚、汉久相持未决，项羽谓汉王曰：“天下汹汹，徒以我两人。愿与王挑战决雌雄，毋徒罢天下父子为也。”汉王笑谢曰：“吾宁斗智，不能斗力。”项王乃与汉王相与临广武涧而语。汉王数羽罪十，项王大怒，伏弩射中汉王。汉王伤胸，乃扪足曰：“虏中吾指。”汉王病创卧，张良强起行劳军，以安士卒，毋令楚乘胜于汉。汉王出行军，病甚，因驰入成皋。

【译文】

楚王项羽和汉王刘邦相持了很久，一时难分胜负。项羽对刘邦说："天下之所以战乱不息，都是因为我们二人争斗。我想与你单独决一雌雄，也免得再让天下父子受离散之苦了。"刘邦笑着拜谢说："我是要斗智，不愿斗力。"于是二人便隔着广武涧互斗口舌。汉王历数了项羽的十条罪状，项羽大怒，便拉起硬弓向刘邦射去。刘邦被射伤了胸部，但他却抚摸着一只脚掩饰说："贼人射中我一根脚趾头。"汉王受伤后就卧床不起。张良劝他强行撑起身体，出营慰劳军士以安定军心，不要让楚军以为伤了他趁机向汉发动进攻。汉王勉强走出营外，很快伤势加重，只好骑快马进入了成皋。

王羲之

【原文】

王右军幼时，大将军甚爱之，恒置帐中眠。大将军尝先起，须臾，钱凤入，屏人论逆节事，都忘右军在帐中。右军觉，既闻所论，知无活理，乃剔吐污头面被褥，诈熟眠。敦论事半，方悟右军未起，相与大惊曰："不得不除之！"及开帐，乃见吐唾纵横，信其实熟眠，由是得全。

【译文】

王右军（即王羲之）小的时候，深得大将军王敦的喜爱，经常把他安顿在自己的帐中休息。大将军先起床了，不一会儿，钱凤进帐，支开旁人，商议谋反之事，二人都忘了王右军还在帐中。右军醒来，听到二人的话，知道自己很难活命，就用唾液涎水涂在头上、脸上和被褥上，假装睡熟了。王敦商议到一半，才想起右军还没有起床，和钱凤一起大惊道："不得不除掉他！"拉开帐子，只见到处都是唾液口水，便确信他睡熟了。王羲之因此保全了性命。

伯颜

【原文】

有告乃颜反者，诏伯颜窥觇之。乃多载衣裘，入其境，辄以与驿人。既至，乃颜为设宴谋执之。伯颜觉，与其从者趋出，分三道逸去。驿人以得衣裘故，争献健马，遂得脱。

【译文】

有人举报乃颜谋反，元世祖让伯颜前去偷偷察访他的动静。伯颜出发以后，用车装载了很多衣物毛皮进入了乃颜境内，并将这些东西送给各个驿站的官吏兵士。到达乃颜那里后，乃颜设酒招待，并准备在酒宴上将其扣押。伯颜察觉以后，和他的随从们混出城外，兵分三路逃离。所过驿站，官吏都因得到过伯颜的皮衣等好处，争相献出健壮马匹，才得以逃脱。

伯颜

陈平

【原文】

陈平间行，伏剑亡，渡河。船人见其美丈夫独行，疑其亡将，腰中当有金宝。数目之。平恐，乃解衣裸而佐刺船。船人知其无有，乃止。

【译文】

陈平带一把宝剑，从项羽军中匆匆逃亡，到达渡口。登上渡船以后，船夫见他独自一人，腰配宝剑身着华服，以为他是逃亡的将领，腰间肯定藏有金子宝物。于是不时用眼睛上下打量。陈平感到很害怕，所以立即脱掉上衣，光着身子与船夫一起撑船。船夫这才知道他身无分文，也就打消了谋财害命的念头。

刘备

【原文】

曹公素忌先主。公尝从容谓先主曰："今天下英雄，惟使君与操耳。本初之徒，不足数也。"先主方食，失匕箸。适雷震，因谓公曰："圣人云：迅雷风烈必变。良有以也，一震之威，乃至于此。"

【译文】

曹操对刘备一向心存戒备。他曾从容地对刘备说："如今天下的英雄，就只有你和我了。至于袁本初之徒，是不值得一提的。"当时刘备正在吃饭，突然惊吓得手中筷子掉落。正好这时雷声大震，刘备便趁打雷之机对曹操说："圣人说，雷声大作，狂风四起，必定令人大惊失色，这话实在有道理，打雷的威力怎么这么大！"

刘备

太史慈

【原文】

太史慈在郡，会郡与州有隙，曲直未分，以先闻者为善。时州章已去，郡守恐后之，求可使者。慈以选行，晨夜取道到洛阳。诣公车门，则州吏才至，方求通，慈问曰："君欲通章耶？"吏曰："然。""章安在？题署得无误耶？"因假章看，便裂败之。吏大呼持慈，慈与语曰："君不以相与，吾亦无因得败，祸福等耳，吾不独受罪，岂若默然俱去？"因与遁还，郡章竟得直。

【译文】

太史慈在郡中任职之时，郡州两府间常有隔阂，朝廷很难分辨谁是谁非，往往把先呈送公文的一方当作有理者。这时听说州里的奏章已派人呈递，郡守恐怕落后，正在寻求可以向朝廷呈递奏章的人。最后大家共同推举太史慈担任向朝廷呈递奏章的人。太史慈昼夜兼行，并抄近道赶赴洛阳。当他到达宰相府门，将奏章呈进以后，州吏也拿着奏章到了，正在求人通报。太史慈上前问道："你想呈递奏章吗？"州吏答道："是的。"太史慈又说："奏章在哪里？题目署名没有错误吗？"说完就拿过州里的奏章阅看，并当即将其撕为碎片。州吏高声叫喊，并要捉拿太史慈问罪，太史慈便耐心对他解释说："如果你不把奏章给我，我也不能把它撕破，是祸是福，咱俩的责任是相同的，不会只是我一人犯罪。不如我俩都默不作声，悄然离去，谁都没有妨碍。"州吏只得和太史慈一起返回，最终郡里的奏章顺利地呈给朝廷，所奏之事得到认可。

张良

【原文】

高帝已封大功臣二十余人，其余日夜争功不决。上在洛阳南宫，望见诸将，往往相与坐沙中偶语，以问留侯，对曰："陛下起布衣，以此属取天下。今为天子，而所封皆故人，所诛皆仇怨，故相聚谋反耳。"上忧之曰："奈何？"留侯曰："上平生所憎，群臣所共知，谁最甚者？"上曰："雍齿数窘我。"留侯曰："今急先封雍齿，则群臣人人自坚矣。"乃封齿为什邡侯。群臣喜曰："雍齿且侯，吾属无患矣。"

【译文】

张良

汉高祖刘邦在分封了二十多名具有卓越功绩的大臣以后，其余的一些大臣却都自恃有功争吵不息。刘邦有次在洛阳南宫闲游，远远看见很多将领聚在一起窃窃私语，刘邦心有疑忌。召来张良询问，张良回答说："陛下原本是个平民百姓，是依靠这些人才夺得了天下。如今成为天子以后所分封的却多为故交旧友，所诛杀的都是与自己有仇怨的人。因此他们聚在一起，是在商量着要造反。”刘邦为此担心地问道：“那该怎么办呢？”留侯说：“陛下一生最为憎恨，而为群臣所共知的是哪个人？”刘邦说：“雍齿曾经多次让我难堪。”张良说：“那就立即将雍齿封为王侯。这样，群臣个个都会心中安稳。”于是刘邦就将雍齿封为什邡侯。大臣们都高兴地说：“连雍齿都能封侯，我们用不着担心了！”

知县买饭

【原文】

嘉熙间，峒丁反吉州，万安宰黄炳鸠兵守备。一日五更，探报“寇且至”。遣巡尉引兵迎敌，皆曰：“空腹奈何？”炳曰：“第速行，饭且至矣。”炳乃率吏辈，携竹罗木桶，沿市民之门曰：“知县买饭。”时人家晨炊方熟，皆有热饭熟水，厚酬其值，负之以行。于是士卒皆饱餐，一战破寇。由此论功，擢守临川。

【译文】

南宋理宗嘉熙年间，吉州的峒丁造反，万安主官黄炳集合兵丁守卫。有一天黎明时分，探子前来报告说，盗寇快要攻打到县城了。黄炳当即派巡尉率兵迎战，但将士们说：“都饿着肚子怎么迎战？”黄炳说：“你们只管先去迎敌，饭菜马上就到。”说完以后，黄炳立即率领属吏，携带竹箩木桶，沿着大街挨户通知说：“知县买饭。”当时居民家中的早饭多已做好，都有热饭开水，又付给他们优厚的价钱，于是满载米饭送到了前线。结果将士们饱餐之后，一战就击败了贼寇。战后论功行赏，黄炳因此被提升为临川太守。

曹操

【原文】

魏武尝行役，失汲道，军皆渴。乃令曰：“前有大梅林，饶子甘酸，可以解渴。”士卒闻之，口皆出水，乘此得及前源。

【译文】

曹操有次在行军中，错失了取水通道，将士们口渴难忍。曹操便下令说："前面有一大片梅树林，熟透了的梅子不计其数，又酸又甜，可以解渴。"将士闻言，口水皆出，一下子不觉得口渴了。趁此机会，曹操下令急速前行，终于赶到了下一处水源。

孙权

【原文】

濡须之战，孙权与曹操相持月余。权尝乘大船来观公军。公军弓弩乱发，箭著船旁，船偏重。权乃令回船，更一面以受箭，箭均船平。

【译文】

在濡须之战中，孙权与曹操双方相持已有一个多月。孙权有次曾乘船前来观察曹营。曹军兵士发现以后，弓弩兼用当即万箭齐发。不一会儿面向曹营一侧的船身被射满了箭矢，重心失去平衡向一侧倾斜。孙权于是下令将船只调转方向，结果另一面船体也被射满了箭矢。这时两侧重量均衡，故船体也不再倾斜。

语智部

总叙

【原文】

冯子曰：智非语也，语智非智也。喋喋者必穷，期期者有庸，丈夫者何必有口哉？固也，抑有异焉。两舌相战，理者必伸；两理相质，辨者先售。子房以之师，仲连以之高，庄生以之旷达，仪、衍以之富贵，端木子以之列于四科，孟氏以之承三圣。故一言而或重于九鼎，单说而或强于十万师，片纸书而或贤于十部从事。

口舌之权，顾不重与？谈言微中，足以解纷；言之无文，行之不远。君子一言以为智，一言以为不智。智泽于内，言溢于外。《诗》曰："惟其有之，是以似之。"此之谓也。

【译文】

冯梦龙说：有智慧不等于擅长言辞，语言睿智不等于头脑睿智。喋喋不休的人一定会有理屈词穷的时候，说话结巴的人也会有成功的机会，男子汉大丈夫有智慧即可，又何必一定要有口才呢？道理确实如此，但也有不同的看法。两方争辩，通常是有理的一方获胜；两种不同的道理冲突，也往往是能言善辩的一方必然先被别人接受。张良因为有口才而成为皇帝的老师，鲁仲连因为有口才被人称为高士，庄子以自己的口才博得了旷达的美名，张仪、公孙衍凭着能言善辩而得到富贵，子贡因此被老师孔子夸赞，孟子以文辞雄辩被人尊为亚圣。所以，一句话的力量可以重于九鼎，一个说客可以胜过十万军队，一封书信有时强于十部官员。

由此看来，能言善辩的口才能说不重要吗？精微的言论，可以解开纷杂的困境；言语没有见解，行事就不会高远。君子说一句话就会显示出智慧，平庸之辈的一句话就能看出其蠢笨。智慧蕴藏在内心，精妙的言辞就会自然流露出来。《诗经》说："因为有这样的本质，所以才能有这样的表现。"说的正是这个道理。

左师触龙

【原文】

秦攻赵，赵王新立，太后用事，求救于齐。齐人曰："必以长安君为质。"太后不可，齐师不出。大臣强谏，太后怒甚，曰："有复言者，老妇必唾其面！"左师触龙请见，曰："贱息舒祺最少，不肖。而臣衰，窃爱之，愿得补黑衣之缺，以卫王宫。愿及臣未填沟壑而托之。"太后曰："丈夫亦爱少子乎？"对曰："甚于妇人！"太后笑曰："妇人异甚！"对曰："老臣窃以为媪之爱燕后，贤于长安君。"太后曰："君过矣，不如长安君之甚。"左师曰："父母爱其子，则为之计深远。媪之送燕后也，持其踵而哭，念其远也，亦哀之矣。已行，非不思也，祭祀则祝之曰：'必勿使反！'岂非为之计长久，愿子孙相继为王也哉？"太后曰："然。"左师曰："今三世以前，至于赵王之孙为侯者，其继有在者乎？"曰："无有。"曰："此其近者祸及身，远者及其子孙。岂人主之子侯则不善？位尊而无功，奉厚而无劳，而挟重器多也！今媪尊长安之位，封以膏腴之地，多与之重器，而不及今令有功于赵，一旦山陵崩，长安君何以自托于赵哉？"太后曰："诺，恣君之所使之。"于是为长安君约车百乘，质于齐。齐师乃出，秦师退。

【译文】

秦国出兵攻打赵国，赵孝成王刚刚即位，由赵太后执掌朝政，当即向齐请求派兵援助。齐王说："必须以长安君送到齐国作为人质。"使者回来禀报后，太后坚决不答应，因此齐国也不派遣救兵。大臣们极力进谏，太后大怒道："谁要再说此话，我必定当面唾在他的脸上！"左师触龙求见，对太后说："舒祺是我最小的一个儿子，又不成器，臣已年老体衰，又很宠爱此子，想请太后将他安排在禁军之中，保卫王宫。在臣未死之时，我先把此子托给太后。"太后问道："男子也爱小儿子吗？"触龙说："比妇人更爱。"太后笑着说："妇人宠爱小儿子是任何人也比不上的。"触龙说："老臣认为太后对燕后的宠爱，要超过长安君。"太后说："你说得不对，我对长安君的宠爱要远远超过燕后。"触龙说："父母要真正爱他的子女，就要为他们的长远着想。太后在送别燕后时，抱着她的脚痛哭不已，挂念她嫁得太远，为她伤心，情形确实悲哀动人。当燕后出嫁以后，又经常思念不已，祭祀时却向神灵祷告说：‘千万不要让她返回赵国。’这难道不是为她的长远着想，期盼她的子孙相继为王吗？”太后说：“当然是这样。”触龙又说：“试问从现在起，三世以前的赵王子孙，那时被封为王的现在还有继续担任王侯的吗？”太后说：“没有。”触龙说：“这就是近者祸及身，远者祸及子孙的缘故。难道人君的子孙王侯全都是坏人吗？这都是因为他们的地位尊崇却毫无功勋，俸禄优厚却无所事事，占有太多的国宝重器！如今太后想使长安君的地位尊贵，却不让他为赵国建功立业，一旦太后百年以后，长安君将依靠什么在赵国立足呢？”太后说：“你说得好，就听凭你的派遣吧。”于是触龙便给长安君准备了百辆车骑，送他到齐国去做人质。齐国马上派出了救援军队，秦军因此撤回国内。

狄仁杰

【原文】

武承嗣、三思营求为太子。狄仁杰从容言于太后曰：“姑侄与子母孰亲？陛下立子，则千秋万岁后，配食太庙；若立侄，则未闻侄为天子，而祔姑于庙者也。”太后乃寤。

【译文】

武承嗣、武三思一心想着要做太子。狄仁杰从容地对太后说：“姑侄和母子哪一个亲？陛下立自己的儿子做太子，那么千秋万岁以后，可以被供奉在祖庙；如果立侄子做太子，还没听说过哪个侄子成为天子后，而将姑姑供奉在祖庙的。”太后如梦初醒。

狄仁杰

陆贾等

【原文】

平原君朱建，为人刚正而有口。辟阳侯得幸吕太后，欲知建，建不肯见。及建母死，贫未有以发丧，方假贷。陆贾素善建，乃令建发丧，而身见辟阳侯，贺之曰："平原君母死！"辟阳侯曰："平原君母死，何乃贺我？"贾曰："前君侯欲知平原君，平原君义不知君，以其母故。夫相知者，当相恤其灾危。今其母死，君诚厚送丧，则彼为君死矣。"辟阳侯乃奉百金税。列侯贵人以辟阳侯故，往赙凡五百金。久之，人或毁辟阳侯，惠帝大怒，下吏，欲诛之。吕太后惭不可言，大臣多害辟阳侯行，欲遂诛之。辟阳侯困急，使人欲见建。建辞曰："狱急，不敢见。"建乃求见孝惠幸臣闳孺，说之曰："君所以得幸帝，天下莫不闻。今辟阳侯下吏，道路皆言君谗欲杀之。今日辟阳侯诛，且日太后含怒，亦诛君，君何不肉袒，为辟阳侯言于帝？帝听君出辟阳侯，太后大欢，两主俱幸，君之富贵益倍矣！"于是闳孺大恐，从其计言帝，帝果出辟阳侯。辟阳侯始以建为背己，大怒。及其出之，乃大惊。吕太后崩，大臣诛诸吕，辟阳侯于诸吕至深，而卒免于诛，皆陆生、平原君之计划也。

【译文】

汉朝人平原君朱建，为人刚强正直而能言善辩。深受吕太后宠幸的辟阳侯，想和朱建结交，朱建不肯见他。后来朱建母亲去世，家贫无钱发丧，正要去借钱。陆贾平常和朱建关系较好，就让朱建先料理丧事，而他自己去见辟阳侯，祝贺他说："平原君的母亲死了。"辟阳侯说："平原君的母亲死了，为什么竟来祝贺我？"陆贾说："以前君侯想和平原君结交，平原君出于道义不与你相见，是因他母亲的缘故。真正的朋友，应当在对方危难时给予帮助。如今他母亲死了，您若诚心厚谊送丧，那朱建一定会为您效死力的！"辟阳侯于是送上百金助丧，王侯贵人们因为辟阳侯的缘故，也前去用财物协办丧事共五

百金。过了很久，有人密告辟阳侯与吕太后私通，惠帝极为生气，把他关进了监狱，并想杀掉他。吕太后羞愧不好意思为他求情。大臣们又多数鄙视辟阳侯的品行，都想立刻杀掉他。辟阳侯危困至极，派人要见朱建。朱建推辞说："案件紧急，不敢见。"朱建就去求见惠帝的宠臣闳孺，游说他说："您得到皇帝宠信的原因，天下人没有人不知道的。现在辟阳侯下狱，人都说是您进谗言要杀掉他。今天如果辟阳侯被杀，日后太后怀恨，也会杀您，您为什么不袒露上身，请求皇帝宽恕辟阳侯呢？皇上要是听从您的话，放出辟阳侯，太后一定非常高兴，日后两位主子都宠爱您，您的富贵要胜过今日好几倍了！"因此闳孺非常害怕，听从朱建的计谋，在皇帝面前为辟阳侯求情。皇帝果然放出了辟阳侯。辟阳侯刚开始以为朱建忘恩负义，极为愤怒。等到他出狱后，才大吃一惊。吕太后死后，众大臣杀了所有吕太后的党羽，辟阳侯和诸吕交往很深，却终于免于杀头，都是陆贾、平原君的计谋。

王维

【原文】

弘治时，有希进用者，上章谓山西紫碧山产有石胆，可以益寿。遣中官经年采取不获，民咸告病。按察使王维令采小石子类此者一升，以示中官。中官怒曰："此搪塞耳！其物载诸书中，何以谓无？"公曰："凤凰、麒麟，皆古书所载，今果有乎？"

【译文】

明朝孝宗弘治年间，有个希望被选拔任用的人，上奏章说山西紫碧山出产石胆，服了可以延年益寿。皇上派宦官寻找了一年也没找到，老百姓都叫苦不迭。按察使王维，命人采集了一升像石胆的小石子，把它送给宦官看。宦官发怒道："这简直是敷衍了事！那东西记载在各种书里，怎能说没有？"王维说："凤凰、麒麟，都是古书中记载的，现在果真有吗？"

晏子

【原文】

齐有得罪于景公者，公大怒，缚置殿下，召左右肢解之："敢谏者诛。"晏子左手持头，右手磨刀，仰而问曰："古者明王圣主肢解人，不知从何处始？"公离席曰："纵之，罪在寡人。"

时景公烦于刑，有鬻踊者，公问晏子曰："子之居近市，知孰贵贱？"对曰："踊贵履贱。"公悟，为之省刖刑。

【译文】

齐国有人得罪了齐景公，景公大怒，将此人捆绑在大殿下，命令身边的人将此人肢解，并说："有人胆敢劝阻也将格杀勿论。"大夫晏子左手抓住头，右手还在磨刀，抬头向景公问道："以前英明圣贤的君主们都不知道肢解人应从哪里开始？"景公急忙站起身来说："赶快释放此人，这都是寡人的不对。"

当时，齐景公滥用刑法，以致街市出现了很多贩卖假肢的人，景公有次向晏子问道："你的家位于集市附近，你知道现在集市上什么东西最贵什么东西最便宜？"晏子回答说："假脚很贵而鞋子很贱。"景公明白了这句话的意思后，便减轻了刑罚。

武帝乳母

【原文】

武帝乳母尝于外犯事，帝欲申宪，乳母求东方朔。朔曰："此非唇舌所争，尔必望济者，将去时，但当屡顾帝，慎勿言，此或可万一冀耳。"乳母既至，朔亦侍侧，因谓之曰："汝痴耳，帝今已长，岂复赖汝乳哺活耶？"帝凄然，即敕免罪。

【译文】

汉武帝的乳母，曾在宫外犯了罪，武帝想将她问罪，乳母去求东方朔。东方朔说："这不是用言辞就能争辩的啊！如果你一定想得到解救，那么在大殿上将离开皇帝时，你只管频繁回头看皇帝，千万不要说话！这或许还有万分之一的希望。"乳母被带到武帝面前后，她照东方朔说的做了，东方朔也在皇帝身旁侍立，借机对乳母说："你别傻了！皇上现在已长大成人，难道还要靠你的乳汁养活吗？"皇帝听到这里心中悲伤，立刻赦免了她。

汉武帝

解缙

【原文】

解缙应制题《虎顾众彪图》，曰："虎为百兽尊，谁敢触其怒。唯有父子情，一步一回顾。"文皇见诗有感，即命夏原吉迎太子于南京。

文皇与解缙同游。文皇登桥，问缙："当作何语？"缙曰："此谓'一步高一步'。"及下桥，又问之，缙曰："此谓'后面更高似前面'。"

【译文】

解缙作应制诗《虎顾众彪图》，诗中写道："虎为百兽尊，谁敢触其怒。唯有父子情，一步一回顾。"明成祖朱棣读完后有所感悟，当即令夏原吉将太子从南京迎回都城。

明成祖曾与解缙一起游园。成祖登桥时，问解缙："这个举动应该怎样解释？"解缙答道："这叫'一步更比一步高'。"随即下桥后，成祖又问，解缙又说："这叫'后面更比前面高'。"

裴度

【原文】

裴度为相时，宪宗将幸东都，大臣切谏，不听。度从容言：“国家建别都，本备巡幸。但自艰难以来，宫阙署屯，百目之区，荒圮弗治。必假岁月完新，然后可行。仓卒无备，有司且得罪。”帝悦曰：“群臣谏朕不及此。如卿言，诚有未便，安用往耶？”因止不行。

【译文】

裴度做宰相时，唐宪宗打算到东都巡游，大臣们竭力劝阻，宪宗根本听不进去，裴度从容地说：“国家建立别都，原本就是预备巡游用的。但自安史之乱以来，皇宫、官署、军营，各类名目的处所，荒野断壁没有整理。需要一年的工夫才能修建一新，然后才可以去。匆忙去巡游，当地无准备，有关官员会因为迎驾不周而被治罪。”皇帝愉快地说：“群臣劝朕说不出你这样的道理。真像你说的，确有不方便的地方，又何必非去不可呢？”因此决定不去了。

裴度

李纲

【原文】

李纲欲用张所，然所尝论宰相黄潜善，纲颇难之。一日，遇潜善，款语曰：“今当艰难之秋，负天下重责，而四方士大夫，号召未有来者。前议置河北宣抚司，独一张所可用，又以狂妄有言得罪。如所之罪，孰谓不宜。第今日势迫，不得不试用之。如用以为台谏，处要地，则不可。使之借官为招抚，冒死立功以赎过，似无嫌。”潜善欣然许之。

【译文】

宰相李纲打算重用张所，但是因为张所曾弹劾过宰相黄潜善等人，李纲又感到十分为难。有一天，他和黄潜善相遇，闲谈之时顺便说道："如今正当危难的时候，我们都肩负着天下的重大责任，但四方的士大夫们，在多次号召以后都没有人前来应命。前不久在商议设置河北宣抚司时，只有张所一人可以担任，可他又因口出狂言而获罪。像他被判有罪，谁都认为他是罪有应得。但考虑到现在形势紧迫，不能不临时任用。但要授予他谏官之职，掌管重要部门，显然不适合。让他暂时担任招抚使之职，冒死立功来赎罪，应该没有问题。"潜善听后，欣然同意。

苏子由

【原文】

《元城先生语录》云：东坡下御史狱，张安道致仕在南京，上书救之。欲附南京递进，府官不敢受，乃令其子恕至登闻鼓院投进，恕徘徊不敢投。久之，东坡出狱。其后东坡见其副本，因吐舌色动。人问其故，东坡不答。后子由见之，曰："宜吾兄之吐舌也，此事正得张恕力。"仆曰："何谓也？"子由曰："独不见郑昌之救盖宽饶乎？疏云：'上无许、史之属，下无金、张之托。'此语正是激宣帝之怒耳。且宽饶何罪？正以犯许、史辈得祸。今再讦之，是益其怒也。今东坡亦无罪，独以名太高，与朝廷争胜耳。安道之疏乃云：'实天下之奇才'，独不激人主之怒乎？"仆曰："然则尔时救东坡者，宜为何说？"子由曰："但言本朝未尝杀士大夫，今乃是陛下开端，后世子孙必援陛下以为例。神宗好名而畏义，疑可以止之。"

【译文】

《元城先生语录》说：苏东坡因被御史弹劾而下狱，张安道辞官住在南京，上书救东坡。本想依附南京是都城，方便递送公文进呈皇帝，但府

苏辙

官不敢接受，他就让自己的儿子张恕到登闻鼓院投递。张恕在门口徘徊不敢投递。不久，东坡出狱了。后来东坡见到张上书的副本，吃惊到吐出舌头，脸色也变了。有人问原因，东坡不回答。后来子由见到副本，说："我哥哥应该看后吐舌呀！这事多亏了张恕未投书！"仆人说："这是怎么说？"子由说："难道没听说过郑昌救盖宽饶的事吗？郑昌上书说：'上没有许伯、史高这样的亲戚，下没有金日、张安世的委托。'正是这句话激怒了汉宣帝呀！况且盖宽饶有什么罪？正是触犯了许伯、史高这类权贵惹来的祸。如今又用这个触怒皇上，是火上浇油。现在东坡也没罪，只是因为名气太大，有和朝廷争胜之嫌！张安道上书就说'实天下之奇才'，这难道不是激怒皇上吗？"仆人说："可是那时他就是在救东坡先生的呀，该怎么说？"子由认为应该这么说："只说本朝还没有杀过士大夫，如今是陛下开的头儿，后世子孙肯定会引用陛下做例子。神宗爱惜名声而畏惧把自己置于不义，估计就能到此为止放了东坡。"

兵智部

总叙

【原文】

冯子曰：岳忠武论兵曰："仁、智、信、勇、严，缺一不可。"愚以为"智"尤甚焉。智者，知也；知者，知仁、知信、知勇、知严也。为将者患不知耳。诚知，差之暴骨，不如践之问孤；楚之坑降，不如晋之释原；偃之迁延，不如蓄之斩嬖；季之负载，不如孟之焚舟。虽欲不仁、不信、不严、不勇，而不可得矣。又况夫泓水之襄败于仁，鄢陵之共败于信，阆中之飞败于严，邲河之縠败于勇。越公委千人以尝敌，马服须后令以济功，李广罢刁斗之警，淮阴忍胯下之羞。以仁、信、严、勇而若彼，以不仁、不信、不严、不勇而若此，其故何哉？智与不智之异耳。愚遇智，智胜；智遇尤智，尤智胜。

故或不战而胜，或百战百胜，或正胜，或谲胜，或出新意而胜，或仿古兵法而胜。天异时，地异利，敌异情，我亦异势。用势者，因之以取胜焉。

往志之论兵者备矣，其成败列在简编，的的可据。吾于其成而无败者，择著于篇：首《不战》，次《制胜》，次《诡道》，次《武案》。岳忠武曰："运用之妙，在乎一心"。武案则运用之迹也。儒者不言兵，然儒者政不可与言兵。儒者之言兵恶诈；智者之言兵政恐不能诈。夫唯能诈者能战，能战者，斯能为不诈者乎？

【译文】

冯梦龙说：岳飞谈论用兵时说："仁、智、信、勇、严，一个也不能少。"而我个人认为最重要的还是"智"。所谓智，就是知道；所谓知，就是知道仁、知道信、知道勇、知道严。带兵作战的人就怕不知道这些啊。如果知道，吴王夫差的穷兵黩武使将士抛尸荒野，比不上越王勾践的抚死问孤深得民心；楚王项羽活埋投降的秦国士兵，比不上春秋时晋文公取信于军队而从原邑撤军；春秋时荀偃姑息迁就部下，比不上知罃的治军严明；季孙氏作战之前就做好逃跑的准备，比不上孟明渡河焚舟背水一战。即使想要不仁、不信、不严、不勇，也是不可能的。又如宋楚的泓水之战，宋襄公失败是因为仁慈；晋楚的鄢陵之战，楚共王失败是因为守信；张飞在阆中被部下杀害，是因为太过严厉；晋楚邲河之战遭到重挫是因为晋将先縠过于蛮勇。越国公杨素舍弃一千士兵的性命去探试敌人的虚实，赵奢欺骗秦军的使者才获得了胜利，李广解除刁斗警报使士兵能够安心地休息，淮阴侯韩信当年能忍受胯下之辱是为了等待时机将来能成就大业。前面那些人虽然仁、信、严、勇，却遭遇失败；后面这些人虽然不仁、不信、不严、不勇，却获得成功，这是为什么呢？就是有智慧和没有智慧的差别。愚蠢的人碰上智慧的人，则智慧的人获胜；而智慧的人遇到更智慧的人，则更智慧的人获胜。

历史上的战役，有不战而胜的，有百战百胜的，有正大光明取胜的，有以诡诈取胜的，有凭借出其不意的新战法取胜的，有仿效古人兵法而取胜的。天时不同，地利不同，敌情也不同，因此对敌作战的方式也就不同，至于对应敌人获胜的方法如何选择，只能依赖智慧。

历史上的兵书很多，也记载了很多战争的成败得失。这本书只实录那些用兵不败的故事，分为《不战》《制胜》《诡道》《武案》四卷。岳飞说："运用之妙，在乎一心。"这些故事便是巧妙用兵的典型案例。儒者是不屑谈论军事兵法的，然而却不能不谈论兵法。儒者总说用兵不能以诈取胜；但真正善于用兵的人，只发愁想不出各种诡诈的作战方法来。只有善用诈术的人才能作战，而能作战的人，怎么采用诈术呢？

诸葛恪

【原文】

诸葛恪有才名，吴主欲试以事，令守节度。节度掌钱谷，文书繁猥，非其好也。武侯闻之，遗陆逊书，陆公以白吴主，即转恪领兵。恪启吴主曰："丹阳山险，民多果劲。虽前发兵，徒得外县平民而已，其余深远，莫能擒尽。恪请往为其守，三年可得甲士四万。"朝议皆以为：丹阳地势险阻，周旋数千里，山谷万重，其幽邃民人未尝入城邑对长吏，皆伏兵野逸，白首于林莽。逋亡宿恶，咸共逃窜，铸山为甲兵。俗好武习战，高气尚力，其升山赴险，抵突丛林，若鱼之走渊、猿狖之腾木也。时观间隙，出为寇盗，每致兵征伐，寻其窟藏，战则蜂至，败则鸟窜。自前世以来，不能驭而羁也。恪固言其必捷，吴主拜恪丹阳太守。恪至府，乃遗书四郡属城长吏，令各保其疆界，明立部伍，其从化平民，悉令屯居。乃分内诸将罗兵拦阻，但缮藩篱，不与交锋。候其谷熟，辄引兵芟刈，使无遗种。旧谷既尽，新田不收，平民屯居，略无所得。于是山民饥穷，渐出降首。恪乃复敕下曰："山民去恶从化，皆当抚慰，徙出外县，不得嫌疑，有所执拘。"长吏胡伉获降民周遗，遗，旧恶民，困迫暂出，内图叛逆。伉执送于恪，恪以伉违教，遂斩以徇。民闻伉坐戮，知官唯欲出之而已，于是老幼相携而出。岁期，人数皆如本规。

【译文】

诸葛恪有才名，吴主孙权要试试他做事的能力如何，就让他做掌管军粮的节度官，掌管钱粮谷物，处理繁琐的文书，诸葛恪认为这不是他喜好的。武侯听说是这样的情况，给陆逊写信，陆逊把此事告诉了孙权，立刻让诸葛恪带兵。诸葛恪向吴主启奏说："丹阳山势险峻，百姓大多果敢勇猛。以前虽出兵征讨，只抓获了深山以外各县的平民，至于深居山地的，没能全抓住。我请求去那里做太守，保证三年后可招来四万甲士。"朝廷议论都认为：丹阳地势险阻，方圆几千里，山谷万重，那些幽深地方的平民不曾进过城见过长吏，都拥有兵器而不受管束，到老年也不出山林。逃犯和有罪的人都逃窜到那里，用山中铜铁造兵器。习俗是好武喜战，崇尚武力，他们登山赴险，丛林奔跑，就像鱼在水中游、猿猴戏耍密林中。有时寻找机会，出去做强盗，每次派兵征伐，找到他们住处，他们就蜂拥上来一起攻打，失败后就像鸟儿一样飞蹿不见了。从前代以来，就不能驾驭管辖。诸葛恪坚持认为自己必胜，吴主就派诸葛恪做丹阳太守。恪到达太守府，就给四郡属城的长吏写信，命他们各自保卫自己的疆界，公开建立队伍，那些服从教化的平民，命令他们都聚成村寨居住。各属城将军招罗兵马隐蔽地拦阻，只修缮篱笆，不和他们交锋。等到稻谷熟了，就命令士兵抢先收割，颗粒不留。陈谷已经吃完，新田没有收割，

孙权

村寨居住的平民，没有办法抢到粮食。于是山里平民饥饿贫困，渐渐出降自首。诸葛恪就又下令说：“山民弃恶从善，都应该安慰，迁出到外县的，不能认为有嫌疑，随意拘留捉拿。”长吏胡伉抓到了一个叫周遗的降民，周遗原来是个恶人，因被困窘迫暂时出来，暗中图谋叛乱。胡伉把周遗捉住送到诸葛恪那里，恪因胡伉违犯命令，就斩了胡伉来示众。平民听到胡伉因罪被杀，知道太守只是想让他们下山投降而已，于是就扶老携幼地出来。过了一年，人数就达了诸葛恪自己立下誓言的数目。

韩世忠

【原文】

广西贼曹成拥众在郴、邵。世忠既平闽寇，旋师永嘉，若将就休息者。忽由处、信径至豫章，连营江滨数十里。群贼不虞其至，大惊。世忠遣人招之，成遂降，得战士八万。

【译文】

广西义军曹成聚众在郴州、邵州。韩世忠平定福建义军之后，率领军队到永嘉，准备进行休整。忽然看到从处州、信州到豫章，江边连营几十里有贼寇。可曹成他们没料到官军到来，大吃一惊。韩世忠派人招降他们，曹成于是归降，获得降兵八万。

陆逊

【原文】

嘉禾三年，孙权北征，使陆逊与诸葛瑾攻襄阳。逊遣亲人韩扁赍表奉报，还遇敌于沔中，钞逻得扁。瑾闻之甚惧，书与逊云：“大驾已旋，贼得韩扁，具知我阔狭。且水干，宜当急去。”逊未答，方催人种葑豆，与诸将弈棋谢戏如常。瑾曰：“伯言多智略，其当有以。”自来见逊。逊曰：“贼知大驾已旋，无所复蹙，得专力于吾。又已守要害之处，兵将已动。且当自定以安之，施设变术，然后出耳。今便示退，贼当谓吾怖，仍来相蹙，必败之势。”乃密与瑾立计，令瑾督舟船，逊悉上兵马，以向襄阳城。敌素惮逊，遽还赴城。瑾便引舟出，逊徐整部伍，张拓声势，走趋船，敌不敢干，全军而退。

【译文】

陆逊

吴大帝嘉禾三年（234），孙权北征曹魏，命令陆逊和诸葛瑾率部攻打襄阳。陆逊派他的亲信韩扁带上表书奏报朝廷，未想在沔中时遭遇敌人，被敌将钞逻俘获。诸葛瑾听到消息十分惊恐，在写给陆逊的书信中说：“皇上的大驾已经返回，敌军俘获韩扁，就会了解我军虚实，现在汉水将要干枯，应该马上退兵。”陆逊未予回答，而正在催人种植芜菁大豆，并与诸将弈棋、射箭为乐，好像无事一样，诸葛瑾说：“陆逊机智多谋，必定胸有成竹。”便去见陆逊。陆逊告诉他说：“敌军已知大驾返回，再也没有别的顾虑，只会集中兵力对付我们。他们已派人占据了险要地形，兵将们都已行动，我们应保持稳定使军心安稳，然后运用灵活战术，缓慢退出。如果现在马上退兵，敌军就会认为我们有恐惧之心，马上就会前来攻打。那时，我们就有失败的危险。”于是他便与诸葛瑾秘密定计，令诸葛瑾率部乘坐船只，陆逊率全部兵马，向襄阳城进发。敌军一向畏惧陆逊，立刻退回城中。诸葛瑾这时便掉转船头，向南驶去。陆逊这时也缓缓整顿军队，虚张声势，登上船舟，敌军不敢追击，吴军全部撤回。

李光弼

【原文】

史思明屯兵于河清，欲绝光弼粮道。光弼军于野水渡以备之。既夕，还河阳，留兵千人，使将雍希颢守其栅曰：“贼将高廷晖、李日越，皆万人敌也，至勿与战，降则俱来。”诸将莫谕其意，皆窃笑之。既而思明果谓日越曰：“李光弼长于凭城，今出在野。汝以铁骑宵济，为我取之，不得则勿反！”日越将五百骑，晨至栅下，问曰：“司空在乎？”希颢曰：“夜去矣。”日越曰：“失光弼而得希颢，吾死必矣！”遂请降。希颢与之俱见光弼，光弼厚待之，任以心腹。高廷晖闻之，亦降。或问光弼：“降二将何易也？”光弼曰：“思明常恨不得野战，闻我在外，以为可必取。日越不获我，势不敢归。廷晖才过于日越，闻日越被宠任，必思夺之矣。”

【译文】

史思明在河清屯兵，想断绝李光弼的粮道。李光弼的军队驻扎在野水渡严阵以待。天已黄昏，回到河阳，只留下一千多名士兵，派将雍希颢守卫营寨，说：“叛将高廷晖、李日越都是万夫难挡之人。他们若来，你不要和他们交战；如果他们投降，你和他们一起来。”众将不明其意私下感到好笑。不久，史思明果然对李日越说：“李光弼擅长守城决战，如今在野外驻兵。你带铁骑兵夜里渡河，给我把他抓来。抓不到就不要回来！”李日越率五百骑兵，早晨到达营寨外，问道：“司空在吗？”希颢说：“昨晚已经离开。”李日越说：“没有抓到李光弼而得到雍希颢，我死定了！”于是请求投降。希颢和他一起去见李光弼。李光弼隆重款待，当作心腹一样。高廷晖听到后，也投降了。有人问李光弼：“降服二将怎么这样容易？”李光弼说：“史思明经常遗憾没有与我在野外交战的机会，听说我在城外，认为一定能抓到我。李日越抓不到我，势必不敢回去。高廷晖才能超过李日越，听到李日越投降后被重用，思来想去不甘心，肯定想来取代李日越。”

孙膑

【原文】

孙子同齐使之齐，客田忌所。忌数与齐诸公子逐射。孙子见其马足不甚相远，马有上、中、下。乃谓忌曰："君第重射，臣能令君胜。"忌然之，与王及诸公子逐射千金。及监质，孙子曰："今以君之下驷与彼上驷；取君上驷与彼中驷；取君中驷与彼下驷。"既驰三辈毕，而田忌一不胜而再胜，卒得五千金。

【译文】

孙膑与齐国使者一起来到齐国，暂住在田忌的家中。田忌平时经常和齐国的诸公子赌赛马和射箭。孙膑查看了田忌的赛马马足后，发现这些马匹脚力差不多，但这些马却可分为上、中、下三等。于是他便对田忌说："君如果再进行比赛，臣下可以让你获胜。"田忌点头称是，并当即和诸公子约定了比赛获胜者可得到千金的赌注。质押后，孙子对田忌说："今天可用你的下等马匹，和他们的上等马比赛；用你的上等马和他们的中等马比赛；再用你的中等马和他们的下等马比赛。"比赛完毕以后，田忌是一败两胜，最终获得五千金。

【原文】

魏伐赵，赵急，请救于齐。齐威王欲将孙膑，膑以刑余辞，乃将田忌，而孙子为师，居辎车中，坐为计谋。田忌欲引兵救赵，孙子曰："夫解纷者不控卷，救斗者不搏撠。批亢捣虚，形格势禁，则自为解耳。今魏、赵相攻，轻兵锐卒必尽于外，老弱罢于内。君不若引兵疾走大梁，冲其方虚，彼必释赵而自救，是我一举解赵之困，而收敝于魏也。"忌从之，魏果去邯郸，与齐战于桂陵，大破魏军。

孙膑

【译文】

魏国进攻赵国，赵国危急，向齐求救。齐威王想让孙膑做主将，孙膑以自己受过膑刑为理由拒绝了，于是威王便把田忌任为将军，以孙膑任军师，坐在帷盖的车子之中，为其出谋划策。田忌打算率领齐军直入赵地救赵，孙膑却说："想解开乱丝不用拳头，劝解斗殴不用插手帮忙。避实就虚，利用有利形势，毫不费力，即可达到劝解目的。如今魏向赵进攻，肯定将所有的精锐部队都派了出来，留在国内的士兵只能是一些老弱病残。我们不如率兵快速向魏都大梁进发，直捣他们兵力虚弱的地方，他们就必然会放弃赵国回兵自救。这样，我们就可以立即解除赵国之危。趁魏军疲惫之时，向他们发动攻势，从而打败他们。”田忌采纳了孙膑的这一战术，魏军果然很快离开了邯郸，与齐军在桂陵交战，魏军大败而归。

赵奢

【原文】

秦伐韩，军于阏与。赵王问廉颇：“韩可救否？”对曰：“道远险狭，难救。”又问乐乘，如颇言。及问赵奢，奢对曰：“道远险狭，譬之两鼠斗于穴中，将勇者胜。”乃遣奢将而往。去邯郸三十里，而令军中曰：“有以军事谏者，死！”秦军军武安西，鼓噪勒兵，屋瓦皆振。军中候有一人言急救武安，奢立斩之。坚壁留二十八日，不行，复益增垒。秦间来入，奢善食而遣之。间以报秦将，秦将大喜曰：“夫去国三十里而军不行，乃增垒，阏与非赵地也。”奢既遣秦间，乃卷甲而趣之，一日一夜至。令善射者去阏与五十里而军，军垒成。秦人闻之，悉甲而至。军士许历请以军事谏，奢曰：“内之。”许历曰：“秦人不意赵师至此，其来气盛，将军必厚集其阵以待之，不然必败。”奢许诺。许历请就诛，奢曰：“胥后令。”至邯郸，历复请谏，曰：“先据北山上者胜，后至者败。”奢许诺，即发万人趋之。秦兵后至，争山不得上。奢纵兵击之，大破秦军，遂解阏与之围。

【译文】

秦进攻韩国，驻军在阏与。赵惠文王向廉颇问道：“可以援救韩国吗？”廉颇回答说：“阏与相距很远，道路又很狭窄险峻，很难援救。”接着，他又问乐乘，回答和廉颇完全一样。但当问及赵奢时，赵奢却说：“道路虽然遥远险峻，但就像两只老鼠在洞中争斗一样，勇敢者将会取胜。”于是赵王便派赵奢率兵援救。赵军行至距邯郸三十里处时，赵奢给军中下令说：“有谁对这次军事行动提出异议者，一律处死。”当时秦军驻扎在武安以西，每日击鼓呐喊，几乎把武安城的屋瓦都震落下来。赵军中有一姓侯的武官进言，应该急救武安，赵奢当即下令把他斩首。赵军一连在此驻守二十八天，没有前行，并且还在不断增筑壁垒。秦国的间谍前来察看虚实，赵奢很好地招待他吃喝后又放他回去。间谍将这一情况报告秦将以后，秦将高兴地说：“离开国都仅三十里地赵军便不再前进，并且还在加固堡垒，看来阏与之地，赵国一定是拿不到的。”赵奢在释放了秦军间谍以后，立即命令军队整装疾速向阏与推进，一天一夜就到了。接着，他又派遣军中的神箭手在距阏与五十里处安营扎寨，并很快筑起了壁垒，秦军得知这一消息后，全军出动。这时军士许历请求建议有关军事问题，赵奢答应道：“请进。”许历入见后说：“秦将想不到赵军能迅速来到此地，他们的气势必然很盛，将军一定要把军阵排列得厚而坚实，才能取胜，不然必败。”赵奢接受了这一建议。这时，许历请求执行军令，接受死刑，赵奢说：“回去再行处理。”返回邯郸途中，许历又建议说：“谁先占据北山山顶谁就会胜利，谁后占据谁就会失败。”赵奢点头称是，当即遣万名兵士快速登上山顶。秦军稍后到达，多次强攻山头未果。这时赵奢率部向秦军发动全面攻击，秦军大败，于是阏与之围被解除了。

李牧

【原文】

李牧，赵北边良将也。尝居雁门，备匈奴，以便宜置吏；市租皆输入幕府，为士卒费；日击牛飨士，习骑射；谨烽火，多间谍；为约曰：“匈奴即入盗，急入收保。有敢捕虏者，斩！”如此数岁，匈奴以牧为怯，虽赵边兵亦以为吾将怯。赵王让李牧，牧如故。赵王怒，召之，使他人代将。岁余，匈奴每来，出战数不利，失亡多，边不得田畜，乃复请李牧，牧固称疾。赵王强起之，牧曰："必用臣，臣如前，乃可奉令。"王许之。李牧如故约，匈奴终岁无所得，然终以为怯。边士日得赏赐而不用，皆愿一战。于是乃具选车，得千三百乘，选骑，得万三千匹，百金之士五万人，彀者十万人，悉勒习战。大纵畜牧，人民满野。匈奴小入，佯北，以数千委之，单于闻之，大率众来入。牧多为奇阵，张左右翼击之，大破，杀匈奴十余万骑。单于奔走，其后十余岁，不敢近边。

【译文】

李牧是守卫赵国北部边境的一位良将。他曾经驻守雁门关防备匈奴，而且自己有任免的权力和征收赋税的权力；他把征收来的赋税作为军费；军中每天都要屠宰牛羊犒劳将士，而将士们都勤奋练习骑射；他们严守烽火台，捕获了很多间谍。他曾约束兵士说："匈奴即使前来抢掠，危急之时也只能进入壁垒躲避，如有胆敢擅自捕捉杀戮者，定当斩首！"就这样一连数年，不但匈奴人认为李牧胆怯，就是赵国的守边将士也认为自己的将领害怕敌人不敢作战。为此，赵王曾对李牧加以责备，但李牧却依然如故。赵王后来一怒之下将他召回，用别的将领替代了他的职务。但一年多以来，匈奴每次入侵，赵军的反击都遭遇失败，损失很大，边境的老百姓根本无法耕种放牧，赵王于是又请李牧出任将军，李牧以生病为由坚决推辞。后来，赵王强迫他接受任命，李牧说道："必定要臣为将，为臣还得像以前那样带兵守土，才可接受任命。"赵王答应了这一请求。李牧赴任以后，仍对将士重申以前的规定，匈奴每年虽多次入侵抢掠但始终一无所获，李牧仍然被认为是懦弱胆怯之辈。将士们连每天接受赏赐都不想要了，大家都想和匈奴一战。于是准备战车，共得一千三百多辆，又挑选了一万三千多匹战马，组建了五万多人的敢死队，十万多名弓箭手，全部进行紧急训练。然后排列军阵，放出了很多牲畜，让百姓们布满田野。匈奴见有机可乘，便首先派出小股部队进入赵国抢掠，赵军与之接触后，假装被打败向北逃亡，又让数千人做了匈奴俘虏。单于闻讯，便率大军南下。李牧设置了很多奇异军阵，迷惑敌兵，又从左右两翼实施夹击，大破匈奴十多万大军，单于狼狈而逃。从此，十多年里再也不敢临近边界。

邓艾

【原文】

邓艾与郭淮合兵以拒姜维。维退，淮因西击羌。艾曰：“贼去未远，或能复还，宜分诸军以备不虞。”于是留艾屯白水北，三日。维遣廖化自水南向艾结营。艾谓诸将曰：“维今卒还。吾军少，法当来渡，而不作桥，此维使化持吾，令吾不得动，维必自乐袭取洮城矣。”洮城在水北，去艾屯六十里。艾即遣夜潜军，径到洮城。维果来渡，而艾先至据城，得以不破。

【译文】

三国时邓艾与郭淮率部会合，共同抗拒蜀将姜维。姜维抵敌不住，只得撤退。郭淮于是率部向西进军，准备征讨西羌。邓艾说：“敌军刚刚撤退并没多远，还会再来攻击的，应当分出部分军队以防不测。”于是决定由邓艾率部屯驻在白水北岸，坚守三天。这时姜淮派部将廖化在白水的南岸，面对着邓艾的防地扎营。邓艾对诸将说：“姜维已下令兵士返回，看到我军兵少，理当渡河，但又不架桥，这是他想让廖化拖住我们，使我们不能离开，姜维必定趁机从东面偷袭洮城。”洮城在白水的北面，距邓艾屯军的地方六十余里。邓艾当晚便率部偷偷把军队开进洮城。结果姜维果然渡河向洮城而来。但是邓艾已经抢先占领洮城，所以洮城得以保全。

姜维

李靖

【原文】

萧铣据江陵。诏李靖同河间王孝恭安辑，阅兵夔州。时秋潦，涛濑涨恶，铣以靖未能下，不设备，诸将亦请江平乃进。靖曰："兵事以速为神。今士始集，铣不及知，若乘水傅垒，是震雷不及塞耳，仓卒召兵，无以御我，此必擒也。"孝恭从之，帅战舰二千余艘东下，拔其荆门、宜都二镇，进至夷陵。萧铣方罢兵营农也，才留宿卫数千人，闻唐兵至，大惧。仓卒征兵，皆在江岭之外，道途阻远，不能遽集，乃悉见兵出拒战。孝恭将击之，李靖止之曰："彼救败之师，策非素立，势不能久，不若且驻南岸，缓之一日，彼必分其兵：或留拒我，或归自守。兵分势弱，我乘其懈而击之，蔑不胜矣。今若急之，彼则并力死战，楚兵剽锐，未易当也。"孝恭不从，留靖守营，自帅锐师出战，果败，走趣南岸。铣众委舟，收掠军资，人皆负重。靖见其众乱，纵兵奋击，大破之，乘胜直抵江陵，入其外郭，大获舟舰。李靖使孝恭尽散之江中，诸将皆曰："破敌所获，当借其用，奈何弃以资敌？"靖曰："萧铣之地，南出岭表，东距洞庭。吾悬军深入，若攻城未拔，援兵四集，吾表里受敌，进退不获，虽有舟楫，将安用之？今弃舟舰，使塞江而下，援兵见之，必谓江陵已破，未敢轻进，往来窥伺，动淹旬月，吾取之必矣。"铣援兵见舟舰，果疑不进。

【译文】

唐初，萧铣盘踞江陵，割据一方。高祖颁旨命李靖同河间王李孝恭率部征讨，并在夔州集结兵力。当时，正值秋雨连绵时，江水猛涨，波涛汹涌。萧铣认为李靖在此时肯定不会进攻的，因此不设防备。唐军将领也都请求待江水平静以后，再发兵东下。李靖却说："兵贵神速。现在我军开始集结，萧铣肯定不会想到。如果趁江水暴涨之时以迅雷不及掩耳之势攻打他们的军壁，必然会使萧铣惊慌失措，聚兵不及，无法阻挡，一定被擒。"李孝恭表示同意。于是他们便率战舰两千艘沿江而下，顺道攻占了荆门和宜都两个军镇，迅速抵达夷陵。这时萧铣让兵士正在从事农业生产，仅留宿卫部队数千人。因此当他们听到唐军已经到达的消息后，惊恐不已。慌忙下令征集兵士，但这些兵士都在长江以南，道路遥远，不能很快集结，

李靖

所以萧铣只得率全部宿卫部队，前来迎战。孝恭准备立刻迎战萧铣，李靖阻止说："萧铣所率领的军队仓皇中为救援而来，没有固定的作战计划决不能长久。不如暂且将军队驻扎在长江南岸。等待一天，萧铣必会分散兵力，一部分军队留下来，抵挡我军，另一部分军队返回，守卫江陵。等他分散兵力，军势削弱以后，我们再趁机进攻，必胜无疑。如果现在就发起进攻，他们必定会合力拼死一战。江南之兵作战勇敢，是不容易对付的。"孝恭不听劝阻，派李靖留守军营，自率精锐部队出战，果然大败，逃至南岸。萧铣兵众也都弃舟登岸、争抢军事物资，每个人都身背重物。李靖看到萧铣的兵众已乱，便率兵出击，把萧铣的队伍打得大败，乘胜直抵江陵城下，并攻占了外城，获得了大批战船。李靖劝说孝恭把这些战船全都散乱地弃置于江里，但诸将都说："击败敌军以后所获得的战利品，应加以利用，为何却要抛弃，再送给敌人呢？"李靖说："萧铣的领地南达岭外，东抵洞庭，我们孤军深入，如果江陵久攻不克，他们的援军从四面云集，我军就会腹背受敌，陷入进退两难之地，那时虽有战船，也不能使用。如今抛弃船舰，让战船沿江向下漂流，援兵看到以后，必会认为江陵已失，不敢贸然前进，等他们搞清实际情况，最少都要耽误二三十天时间。这样，我们就必然会攻克江陵。"萧铣的援兵看见沿江而下的船舰后，果然迟疑不敢前进。

韩世忠

【原文】

世忠驻镇江。金人与刘豫合兵分道入侵。帝手札命世忠饬守备，图进取，辞旨恳切。世忠遂自镇江渡师，俾统制解元守高邮，候金步卒；亲提骑兵驻大仪，当敌骑。伐木为栅，自断归路。会遣魏良臣使金。世忠撤炊爨，给良臣："有诏移屯守江。"良臣疾驰去。世忠度良臣已出境，而上马令军中曰："视吾鞭所向！”于是引军至大仪，勒五阵，设伏二十余所，约闻鼓即起击。良臣至金军，金人同王师动息，具以所见对。聂儿孛堇闻世忠退，喜甚，引兵至江口，距大仪五里。别将挞孛也引千骑过五阵东。世忠传小麾、鸣鼓，伏兵四起，旗色与金人旗杂出。金军乱，我军迭进，背嵬军各持长斧，上揕人胸，下斫马足。敌披重甲，陷泥淖。世忠麾劲骑四面蹂躏，人马俱毙，遂擒挞孛也等。

【译文】

宋高宗绍兴四年韩世忠驻扎镇江。金人和刘豫合兵分路入侵宋朝边境。高宗皇带手札命韩世忠整顿守卫设施，谋划进取，言辞恳切。韩世忠立刻挥师自镇江过江，派统制解元守卫高邮，等候金国的步兵；自己领骑兵驻扎大仪，抵挡敌人骑兵。砍伐树木做栅栏，自己断绝退路。此时朝廷派魏良臣出使金国。韩世忠取消生火做饭，欺骗魏良臣说：“皇上已下诏令移兵屯守江南。”魏良臣疾驰而去。韩世忠估计魏良臣已经出了边境，就上马命令士兵说：“看我马鞭指的方向！”于是率兵到达大仪，排列五阵，设伏兵二十几处，约定听到鼓声立即起身杀敌。魏良臣到达金军，金人问起宋军的动静，他就把看到的告诉了金人。聂儿孛董听说韩世忠退兵，高兴极了，率兵到达江口，离大仪五里远。副将挞孛也带五千骑兵经过五阵东边。韩世忠传令挥旗、击鼓，四面的伏兵冲出来，旗色与金人的旗帜杂乱出现。金兵大乱，宋军不断前进，亲随军每人拿着长斧，上刺金兵胸部，下砍金兵马脚。金兵穿着笨重的盔甲，纷纷陷进泥坑。韩世忠指挥强劲的骑兵四面践踏，把金军连人带马杀死，随后抓获了挞孛也等人。

狄青

【原文】

狄青在泾原，常以寡当众。密令军中闻钲一声则止，再声则严阵而阳却，声止即大呼驰突。士卒皆如教。才遇敌，未接，遽声钲，士卒皆止，再声再却。虏大笑曰："孰谓狄天使勇！"钲声止，忽前突之，虏兵大乱，相蹂多死。追奔数里，前临深涧，虏忽壅遏山隅，青遽鸣钲而止，虏得引去。时将佐悔不追击！青曰："奔命之虏，忽止而拒我，安知非谋？军已大胜，残寇不足贪也！"侬智高反邕州，诏以青为宣抚使击之。或言："贼标牌不可当。"青曰："标牌，步兵也，遇骑兵必不能施。愿得西边蕃落民自从。"或又言："南方非骑兵所宜。"青曰："蕃部善射，耐艰苦，上下山如平地，当瘴未发时，疾驰破之，必胜之道也！"及行，日不过一驿，所至州，辄休士一日。至潭州，遂立行伍，明约束。军人有夺逆旅菜一把者，立斩以徇，于是一军肃然。时智高还守邕州，青惧昆仑关险阨为所据，乃按兵不动，下令宾州具五日粮，休士卒。值上元节，令大张灯烛，首夜宴将佐，次夜宴从军官，三夜飨军校。首夜乐饮彻晓，次夜大风雨，二鼓时，青忽称病，暂起如内。久之，使人谕孙沔，令暂主席行酒，少服药乃出。数使劝劳座客，至晓，客未敢退。忽有驰报者，云："夜时三鼓，元帅已夺昆仑关矣！"青既渡，喜曰："贼不知守此，无能为也。"已近邕州，贼方觉，逆战于归仁铺。青登高望之，贼踞坡上，我军薄之。青使步卒居前，匿骑兵于后。蛮使骁勇者当前，尽执长枪。前锋孙节战不利，死。将士畏青，莫敢退。青登高山，执五色旗，麾骑兵为左右翼，出其后，断蛮军为三，旋而击之，左者右，右者左，已而右者复左，左者复右，贼不知所为。贼之标牌军，为马军所冲突，皆不能驻。枪立如束，我军又纵马上铁连枷击之，遂皆披靡，智高焚城遁去。

【译文】

北宋名将狄青在驻守泾原时经常是以寡敌众而克敌制胜的。其方法之一就是两军对阵之时，密令军中兵士如果听到一声锣响，就静止待命；两声锣响，则严阵以待却假装向后撤退；锣声停止，大喊着突然发起冲锋。兵士们都很听从他的指令。和敌军刚相遇而尚未交战时，当即敲锣一声，士卒全都停止一切行动，敲锣两声便向后撤退。锣声不停，撤退不止。胡人大笑说："谁说狄天使勇不可挡？"锣声停止以后，兵士忽然又奋勇向前，敌兵立即大乱，以致相互践踏，多有伤亡。追击数里之后，前有深涧相阻，敌军只得拥挤在山脚之下，狄青当即又鸣锣一声，兵士则停止追击，敌军便纷纷逃走。过后将士们都悔恨没有追击，但狄青却说："逃命之敌，忽然止步而与我相对抗，怎能知道就没有其他阴谋。况且我军已获胜，残余敌寇不值得赶尽杀绝。"侬智高在邕州造反，皇上下诏命狄青为宣抚使率兵征讨。有人说："敌军的标牌勇不可挡。"狄青说道："标牌军，不过是步军罢了，如果遇上骑兵，必不能施展威力。请求调遣西边蕃民随从出征。"又有人说："南方之地不适宜骑兵作战。"狄青又说："蕃民善于射箭，不畏艰苦，上下山如履平地，当瘴气还没有发生的时候，快速进攻，这是必胜之道。"刚出发时，每天行军不过一驿之地，每过一州，又休整一天。到达潭州以后，才排列行伍，严明军纪。有名军士抢走了旅馆的一把蔬菜，当即被斩首示众，于是全军肃然。当时侬智高退守邕州，狄青恐怕叛军占据了昆仑关险要之地，便按兵不动，又令宾州准备好五天的粮食，让士兵原地休息。这天正值元宵佳节，狄青下令张灯结彩，头天晚上宴请将士们，次日晚上宴请随从军官，三日晚上宴请各营军吏。头天晚上的乐舞和宴饮通宵达旦，彻夜不眠。到第二天晚上，忽然风雨大作，约莫二鼓时刻，狄青突称有病，便退出宴会，进入营帐。等了好一会儿，他又派人告诉孙沔，让他暂时代主人招待，等他服药以后即再来行酒。接着又派遣使者不断前来劝说宾朋行乐饮酒，直到拂晓时刻，来宾都无人退席。忽然有人骑马报告说："夜里三鼓时刻，元帅已夺取了昆仑关。"狄青认为既然度过昆仑关了，十分高兴地说："叛贼不知坚守此关的意思，看来是没有能耐的。"当官

狄青

军逼近邕州之时，敌人才发现狄青的军队，两军在归仁铺展开激战。狄青登高观望，发现敌军占据山坡高地，官军进逼。狄青命令步兵在前方行进，骑兵在后方悄悄跟进。敌军中勇敢的兵士全都站立阵前，手执长矛，官军前锋将领孙节作战不利，被贼刺死。其余将士都惧怕军令，不敢后退。狄青登上山顶手执五色旗帜，指挥骑兵分为左右两翼，冲出敌阵后，将敌兵队伍截为三段，轮番攻击。忽而左军变为右军，忽而又右军变为左军，敌军晕头转向，不知怎么办才好。敌军中的标牌步兵被马军冲击以后，都不能站稳，矛枪都像木棍一样竖立在地上。官军又从马上使用铁连枷攻击，敌兵溃散。侬智高看到大势已去，只得焚城而逃。

张子房

【原文】

沛公欲以兵二万人击秦峣下军。张良说曰：“秦兵尚强，未可轻。臣闻其将屠者子，贾竖易动以利。愿公且留壁，使人先行，为五万人具食，益张旗帜诸山上，为疑兵，令郦食其持重宝啗秦将。”秦将果叛，欲连和俱西袭咸阳。沛公欲听之，良曰：“此独其将欲叛耳，恐士卒不从，不如因其懈击之。”沛公乃引兵，击破秦军。

【译文】

秦末，沛公刘邦打算率领两万人攻打驻守峣关的秦军。张良劝说道：“秦兵现在势力正强，不能轻敌。我听说他们的守将是个屠户的儿子，商人贪财好利，可以用重金收买他。希望你暂且留在营寨，派人先去，准备五万人的饭食，在各山上增加张扬旗帜，作为疑兵，命郦食其拿着重宝去劝诱秦将。”秦将果然背叛，想联合起来一同向西袭击咸阳。沛公就准备和他们联合，张良说：“这不过是秦将想反叛罢了，恐怕士卒不听他的。不如趁他们正松懈时攻打他们。”沛公马上派兵攻打秦军，将其打败。

李广　王越

【原文】

广与百余骑独出，望匈奴数千骑。见广，以为诱骑，皆惊，上山陈。广之百骑皆大恐，欲驰还走。广曰：“吾去大军数十里，今如此以百骑走，匈奴追射，我立尽。今我留，匈奴必以我为大军之诱，必不敢击。”乃令诸骑曰：“前！”未到匈奴阵二里所止，令曰：“皆下马解鞍。”其骑曰：“虏多且近，即有急，奈何？”广曰：“彼虏以我为走，今皆解鞍，以示不走。”于是胡骑遂不敢击。有白马将出护其兵，广上马，与十余骑奔射杀胡白马将，而复还至其骑中，解鞍，令士皆纵马卧。会暮，胡兵终怪之，不敢击。夜半，疑汉伏军欲夜取之，皆引去。平旦，广乃归大军。

威宁伯王越与保国公朱永帅千人巡边，虏猝至，主客不当，永欲走，越止之，为阵列自固。虏疑未敢前。薄暮，令骑皆下马衔枚，鱼贯行，毋反顾，自率骁勇殿。从山后走五十里，抵城，虏不觉。明日乃谓永曰：“我一动，虏蹑击，无噍类矣。结阵，示暇形以惑之也。次第而行，且下马，无军声，故虏不觉也。”

【译文】

一次，李广率领一百多名骑兵单独去巡逻，望见匈奴有数千骑军。匈奴看到李广的部队后以为是汉军派出的引诱部队，都惊恐不已，急忙上山摆出要打仗的阵势。李广所率百余骑兵也都大惊失色，准备当即撤回。李广说：“我们距离大军约有数十里之遥，要是我们当即撤退，匈奴追赶我们，我们都会立即完蛋。要是我们留此不动，匈奴必会认为我们是大军派出的诱饵，是决不会轻易袭击我们的。”于是他对兵士下令说：“前进！”当行于距离匈奴军阵二里处下令停止前进，又下令说：“全部下马

李广

解鞍。”有的兵士说：“匈奴士兵众多而且离我们又很近，如果他们突然向我们发起攻击，将如何是好？”李广说：“对面的匈奴，认为我们必会逃走，我们现在都下马解鞍，就是要向他们做出不走的表示。”于是匈奴骑兵果然不敢进攻。有一位骑着白马的将领走出阵列，准备保护他的兵士，李广当即上马，与十多名骑兵追上前去，射杀了这位白马将军，又返回到了自己的骑兵之中，仍下马解鞍，并让战士都放开战马，席地而坐。这时已经近傍晚，匈奴人一直感到很奇怪，不敢出击。半夜时分，他们又怀疑汉军将要对他们实施偷袭，于是全军撤退。第二天一早，李广率骑兵返回军营。

威宁伯王越和保国公朱永率领一千多个士兵巡察边境之时，敌虏突然出现，敌军是王越所率人马的几倍之多，朱永打算逃走，王越加以阻止，并排列军阵坚守自卫。敌虏心生疑忌，不敢近前。傍晚，王越下令兵士们下马衔枚，一个接一个地前进，不要回头观望，自己则率精锐殿后。从山后走出五十多里，抵达城下，敌虏尚未发觉。第二天王越便对朱永说：“我们如果向后稍一撤退，敌虏就会随兵追击，那时我们将必死无疑。结阵自卫，给对方做出闲暇无忧的样子，就会使他们迷惑不解。然后我们依次而行，加之下马步行，毫无响动，所以敌人对我军的行动一无所知。”

孙膑　虞诩

【原文】

魏庞涓攻韩，齐田忌救韩，直走大梁。涓闻之，去韩而归，齐军已过而西矣。孙子谓田忌曰：“彼三晋之兵，素悍勇而轻齐，齐号为怯。善战者，因其势而利导之。兵法：‘百里而趣利者，蹶上将；五十里而趣利者，军半至。’”使齐军入魏地，为十万灶。明日为五万灶，又明日为三灶。涓行三日，大喜曰：“吾固知齐军怯，入吾地三日，士卒亡者过半矣！”

乃弃其步军，与其轻锐兼程逐之。孙子度其行，暮当至马陵。马陵道狭，而旁多阻隘，可伏兵。乃斫大树，白而书之，曰："庞涓死此树下。"于是令齐军善射者万弩夹道而伏。期曰："暮见火举而俱发！"涓果夜至斫木下，见白书，乃钻火烛之。读未毕，齐军万弩俱发。魏军乱，大败，庞涓自刭。

【译文】

战国时期，魏将庞涓率兵进攻韩国，齐国派大将田忌率兵援救，田忌率部直向魏国都城大梁挺进。庞涓听到这一消息后，立即撤下对韩的围攻而回兵，这时齐军已经越过了韩国，向西进入了魏国境内。孙膑这时对田忌说："庞涓所率都是原先三晋之兵，作战十分勇猛，一直轻视齐军，而齐军向来都怯敌畏战。善于指挥战斗者，应因势利导。兵法认为：从百里之外追求利益的人，一定要损失上将；从五十里之外追求利益的人，只有半数军队可以参战。"因此，孙膑命令齐军进入魏国，即制作了十万座炉灶。第二天即减为五万座，第三天又减为三万座。庞涓在齐军之后尾随了三天，大喜说："我早就知道齐军胆怯，进入我国境内三天，兵士就已逃跑了大半。"于是他便放弃了步兵，只率少数精悍骑兵，加快速度急追齐军。孙膑计算了魏军的行军速度以后，估计他们在这天的傍晚时分，可抵达马陵。马陵之地只有中间一条通道，两边又多险峻山隘，是一座天然的险关，可设伏兵。于是他在埋伏好兵力以后，又砍掉一棵大树的树皮，在白白的树干上写下："庞涓死此树下。"并在大树两旁设置了万名弓箭手，在此等候，并事先约定说："傍晚看见火把举起之时，即万箭齐发！"庞涓果然在当天夜晚来到这棵大树之下，看见白色树干上的大字以后，命令兵士钻木取火，点燃火把，上前观看。当他还未读完树上大字，埋伏在两边的齐国弓箭手即用乱箭射来。魏军大乱，四散奔逃，伤亡惨重，庞涓也拔剑自刎。

【原文】

羌寇武都，迁虞诩为武都太守。羌乃率众数千，遮诩于陈仓崤谷。诩军停车不进，而宣言"上书请兵，须到乃发。"羌闻之，乃分钞旁县。诩因其兵散，日夜进道，兼行百余里。

令军士各作两灶，日增倍之。羌不敢逼。或问曰："孙膑减灶，而君增之。兵法曰：'行不过三十里'，而今且二百里，何也？"诩曰："虏众我寡，徐行则易为所及，速进则彼所不测。虏见吾灶日增，必谓郡兵来迎。众多行速，必惮追我。孙膑见弱，吾今示强，势不同也。"既到郡，兵不满三千，而羌众万余，攻围赤亭数十日。诩乃令军中使强弩勿发，而潜发小弩，羌以为矢力弱不能至，并兵急攻。诩于是使二十强弩共射一人，发无不中。羌大震退。诩因出城奋击，多所杀伤。明日，悉陈其众，令从东郭门出、北郭门入，贸易衣服，回转数周，羌不知其数，更相恐动。诩计贼当退，乃潜遣五百余人，浅水设伏，候其走路。虏果大奔，因掩击，大破之。

【译文】

东汉时羌人率兵进攻武都，汉安帝于是任命虞诩为武都太守。羌人首领率几千兵众，在陈仓崤谷堵击虞诩。虞诩闻讯后，便停车不进，宣称："上书请兵，等朝廷所派兵士到达以后，再继续前进。"羌人听到这一消息后，便分兵抢掠附近诸县。虞诩趁羌人兵力分散之时，昼夜兼行，每天前进一百多里。他还命兵士每天每人各造两座炉灶，使灶炊增加一倍。羌人看到汉兵势众，便不敢逼近。有人问道："孙膑减灶，而你却增灶。兵法上说：'每天行军最多不能超过三十里'，而你却今天行进了将近二百里，这是何故？"虞诩回答说："敌众我寡，如果行进慢了，就容易被敌军追上，而快速行军，敌军就很难知道我军真实情况。当他们看到我军的炉灶与日俱增，必会认为这是郡中派来了援兵。军队众多，行军快速，敌人必定惧怕而不敢追击。孙膑向敌示之以弱，我今却示之以强，这是因为形势不同啊。"虞诩率部抵达郡中以后，城内守兵不满三千，而羌人兵士却多至万余。赤亭之战进行得十分激烈，羌人接连攻打了几十天。这时虞诩对军中下

令说，不要发射大弩，只用小弩射击。羌人看到弓矢力弱，杀伤力很小，便合力急攻。这时虞诩便命令二十名强弩手共射杀一人，发无不中，羌人死伤惨重，便纷纷撤退。虞诩趁机率众出城，奋力追杀，又杀了许多敌人。第二天，虞诩集合全部人马，从东门出去，又从北门入城，接着变换服装，重复同样的行动。羌人不知城中到底有多少汉军，十分害怕。虞诩估计敌贼将要撤退之时，便暗中派遣五百多名兵士，在水浅之处埋伏，等待羌兵到来。不久，羌兵果然撤退，埋伏的士兵趁机杀出，再次大败敌人。

韦孝宽

【原文】

魏韦孝宽镇玉壁。高欢倾山东之众来攻，连营数十里，直至玉壁城下。城南起土山，欲乘之以入城。城上先有两楼，直对土山，孝宽更缚木接之，令极高。欢遂于城南凿地道，又于城北起土山，攻具昼夜不息。孝宽掘长堑，简战士屯堑，每穿至堑，战士辄擒杀之。又于堑外积柴贮火，敌人有在地道者，便下柴火，以皮排吹之，火气一冲，咸即灼烂。城外又造攻车，车之所及，莫不摧毁，虽有排楯，亦莫能抗。孝宽令缝布为幔，随其所向，布悬空中，车不能坏。城外又缚松于竿，灌油加火，欲以烧布焚楼。孝宽使作长钩利刃，火竿一来，以钩刃遥割之。城外又四面穿地，作二十一道，分为四路，于其中各施梁柱，以油灌柱，放火烧之，柱折，城并崩陷。孝宽随其崩处，竖木栅以捍之，敌终不得入。欢智勇俱困，因发疾遁去，遂死。

【译文】

南北朝时，西魏大将韦孝宽率兵镇守玉壁。东魏丞相高欢率领山东全部兵力前来进攻，连营数十里，直达玉壁城下，并在城南筑起土山，打算从土山之上攻入城内。玉壁城上原有两座城楼，正好同土山相对，孝宽便派人在城楼之上绑上木柱，使其比以前更高。高欢于是派人在城南挖掘地道，又在城北筑起土山，用攻城器械昼夜攻打。孝宽又派人挖掘壕沟，挑选战士在壕沟守卫，敌军的地道每次挖到壕沟的时候，守卫兵士便将地道内的敌兵全部擒杀。同时，又在壕沟之内堆积柴草，用火点燃，以皮排向地道内吹送浓烟和火焰，因此地道内的木柱都被烧毁。敌人又在城外制造了很多攻击之车，车到之处，没有不被撞坏的东西，就算大型的盾牌也挡不住。韦孝宽命人把布缝接起来做成帐幕，随着敌人的攻势张开帐幕，帐幕悬在空中，攻车对它无能为力。高欢派人在城外设置了很多捆绑起来的松竿，灌油以后，用火点燃，准备烧布焚楼。孝宽派人手持长钩利刃，等火竿到来后，钩刀已在远处将其头部割掉。最后，高欢派兵又在城外四面凿地，共挖二十一条地道，分为四路。每条地道中都支撑木柱，用油灌注，然后放火焚烧。木柱折断以后，城墙地基跟着坍陷。孝宽派人在坍陷之处随即补以木栅，坚持守城，东魏军士最终没有攻入城内。高欢的各种战术相继失败以后，忧虑成疾，只得撤退，不久即死。

韩世忠

【原文】

世忠与大兀术相持于黄天荡，以海舰进泊金山下，预用铁绠贯大钩，授骁健者。明旦，敌舟噪而前，世忠分海舟为两道，出其背，每缒一绠，则拽一舟沉之。兀术穷蹙。

【译文】

宋朝名将韩世忠与金兀术在黄天荡相持不下，韩世忠率战舰进军并停泊在金山脚下，在战舰上事先用铁索穿上大铁钩，交给勇猛健壮的士兵。第二天早上，金兵乘着船舰呐喊着向宋朝军队进攻，韩世忠下令把船舰分成两队，分别绕到金兵船舰背后，用大铁钩挂住敌兵舰尾，每钩住一只敌舰，就拽沉一舟。金兀术于是紧迫撤退。

韩世忠

闺智部

总叙

【原文】

冯子曰：语有之："男子有德便是才，妇人无才便是德。"其然岂其然乎？夫祥麟虽祥，不能搏鼠；文凤虽文，不能攫兔。世有申生、孝己之行，才竟何居焉？成周圣善，首推邑姜，孔子称其才与九臣埒，不闻以才贬德也。

夫才者，智而已矣，不智则懵。无才而可以为德，则天下之懵妇人，毋乃皆德类也乎？譬之日月：男日也，女月也。日光而月借，妻所以齐也；日殁而月代，妇所以辅也。此亦日月之智、日月之才也，今日必赫赫，月必曈曈曜一而已，何必二？余是以有取于闺智也。贤哲者以别于愚也，雄略者以别于雌也。吕、武之智横而不可训也。灵芸之属智于技，上官之属智于文，纤而不足，术也。非横也，非纤也，谓之才可也，谓之德亦可也。若夫孝义节烈，彤管传馨，则亦闺阃中之麟祥凤文，而品智者未之及也。

【译文】

冯梦龙说：有句俗话是："男子有德便是才，女子无才便是德。"这句话难道是正确的吗？麒麟虽然吉祥，但不能捕捉老鼠；凤凰虽然色彩艳丽，但不能抓取兔子。古时申生、孝己有仁孝的品行，但他们的才能又从哪里看得出来？周朝品德、才能出众的人，首先应该推崇的是邑姜，孔子称赞她的才能可与九位大臣相提并论，没听说因为邑姜的才能而使她个人的德行有所贬低。

所谓的才能，不过是智慧而已，没有智慧便是无知。如果没有才能却可以算作有德的话，那么天下的无知女子不是都成了有德行的人了吗？ 用太阳和月亮来打比方：男子是太阳，女子是月亮。太阳发光而月亮依赖它的光辉，妻子因此和丈夫平等；太阳落山而月亮升起，妻子因此可以辅助丈夫。这也可以说是男子和女子共同的智慧、共同的才德吧。假如说太阳一定要光芒万丈，月亮一定要黯淡无光，那么有太阳就足够了，何必再有月亮呢？这就是我编闺智的原因。用贤明区别愚蠢，用雄才大略来区别一个男性的德。西汉吕后和唐代武则天的智慧表现在专横上，不值得作为榜样。三国时薛灵芸这类女子在技艺上有才能，唐代上官婉儿这类女子在诗文上有才能，她们的智慧都太细小了，只能算是有技艺。既不专横，又不细小的智慧，可以被称作有才，也可以称之为德。至于那些孝义节烈的女子，已经载入史册，她们也是女子中难得的贤才，但品评智慧的人没有提到她们。

马皇后

【原文】

高皇帝初造宝钞，屡不成，梦人告曰：“欲钞成，须取秀才心肝为之。”觉而思曰：“岂欲我杀士耶？”马皇后启曰：“以妾观之，秀才们所作文章，即心肝也。”上悦，即于本监取进呈文字用之，钞遂成。

【译文】

明朝高皇帝朱元璋刚开始制造宝钞时，多次失败。有天晚上他梦见有人告诉他说：“要想造成宝钞，必须挖取秀才的心肝来做。”睡醒以后他思索道：“难道这是让我要诛杀士人吗？”马皇后听到后便规劝他说：“依臣妾看来，秀才们写出的文章，就是他们的心肝。”皇上听后十分高兴，立即派人在国子监取来很多文章，经过选用，宝钞果然制造成功。

马皇后

陶侃母

【原文】

陶侃母湛氏，豫章新淦人。初，侃父丹聘为妾，生侃。而陶氏贫贱，湛每纺绩赀给之，使交结胜己。

侃少为浔阳县吏，尝监鱼梁，以一封鲊遗母，湛还酢，以书责侃曰："尔为吏，以官物遗我，非唯不能益我，乃以增吾忧矣。"

鄱阳范逵素知名，举孝廉，投侃宿，时冰雪积日，侃室如悬磬，而逵仆马甚多，湛语侃曰："汝但出外留客，吾自为计。"湛头发委地，下为二髲，卖得数斛米。斫诸屋柱，悉割半为薪，坐卧荐以为马草，遂具精馔，从者俱给。逵闻叹曰："非此母不生此子！"至洛阳，大为延誉，侃遂通显。

【译文】

东晋大将陶侃的母亲湛氏，是豫章新淦人。当初，陶侃的父亲陶丹纳她为妾，生下陶侃。陶家贫穷，湛氏每日纺纱换钱供给陶侃生活所需，让他结交比自己强的朋友。

陶侃年轻时当过浔阳县衙小吏，曾监管捕鱼的事。一次，他派人送给母亲一盒大腌鱼，湛氏退还腌鱼，并写信责备陶侃说："你担任公家的官员，拿公家的东西送给我，非但不能让我高兴，反而增加我的忧虑。"

鄱阳的范逵一向以孝闻名，被推举为孝廉。一次，他到陶侃家住宿，正赶上连日冰雪，陶侃家中什么东西都没有，而范逵随行仆人和马匹又很多，湛氏对陶侃说："你只管请客人留下，我自有办法应付。"湛氏的头发长得垂到地面，她剪下头发做成两个假发，卖后买来几斛米。然后她又砍下屋柱，一半当柴烧，铡碎睡觉用的草垫做马匹的草料，就这样准备了丰盛的饭食，连随行的仆人也安顿得很俱全妥当。范逵知道了这种情况后，感叹道："没有湛氏这样的母亲，生不出陶侃这样的好儿子！"范逵回到洛阳，逢人就对陶母、陶侃大加赞誉，极力推荐，陶侃终于做了高官，天下闻名。

严延年母

【原文】

严延年守河南，酷烈好杀，号曰“屠伯”。其母从东海来，适见报囚，大惊，便止都亭，不肯入府。因责延年曰：“天道神明，人不可独杀，我不意当老见壮子被刑戮也。行矣，去汝东归，扫除墓地。”遂去归郡。后岁余，果败诛。东海莫不贤智其母。

【译文】

汉宣帝时，严延年任河南太守，他十分残忍暴烈喜欢杀人，人送浑号“屠伯”。有一天，他的母亲从东海来，恰好看到他正在处决犯人，十分震惊，便留在郡府外的亭舍内，不肯走进郡府。她责备严延年道：“天道神明有灵，一个人不可能只杀别人，我不想在年老的时候看到自己正值壮年的儿子遭到刑狱或被杀。我要回东海去，打扫祖宗的墓地，为你准备坟地。”于是她回到东海郡。过了一年多，严延年果然被诛杀。东海郡没有人不称赞他母亲的贤明与智慧。

屈原姊

【原文】

屈原既放逐，其姊闻之，亦来归，责原矫世，喻令自宽，故其地名姊归县。《离骚》曰：“女媭之婵媛兮，申申其詈余。”

【译文】

战国时期，屈原被楚王放逐，他的姐姐得知后，就前去探望，她责备屈原一心要矫枉匡正世俗，并开导他要放开胸襟，不要太过忧伤，所以当地的地名就被称作“姊归县”。屈原的《离骚》中有诗句说：“我的姐姐对我多么体贴关怀啊，她三番五次地劝诫我。”

漂母

【原文】

韩信始为布衣时，贫无行，尝从人寄食，人多厌之。尝就南昌亭长食数月，亭长妻患之，乃晨炊蓐食。食时信往，不为具食，信觉其意，竟绝去。信钓于城下，诸母漂，有一母见信饥，饭信，竟漂数十日。信喜，谓漂母曰："吾必有以重报母！"母怒曰："大丈夫不能自食，吾哀王孙而进食，岂望报乎！"信既贵，酬以千金。

【译文】

韩信当初做平民时，家境贫寒，品行也不好，曾经依赖别人生活，人们大多讨厌他。韩信曾在南昌亭长处白吃白住了几个月，亭长的妻子厌烦他，于是早晨做好了饭让他坐在草席上快快地吃完。到了吃饭的时候韩信又去了，可亭长的妻子不给他拿吃的，韩信觉察出她的意思，从此不再去他家。韩信在城下垂钓，有些老妇人在水边漂洗衣物，有一个老妇人看到韩信饿了，就拿饭给他吃，这个老妇人后来竟漂洗衣物几十天，一直给韩信饭吃。韩信十分高兴，对洗衣的老妇人说："我一定要重重地报答您！"妇人生气地说道："你是大丈夫却不能自食其力，我可怜你才供你吃饭，哪里指望你报答呢！"韩信富贵以后，以千金去酬报了那个洗衣的老妇人。

许允妇

【原文】

魏许允为吏部，选郡守多用其乡里，明帝遣虎贲收之。妇阮氏跣出，谓允曰："明主可以理夺，难以情求。"既至，帝核问之，允对曰："举尔所知，臣之乡人，臣所知也，陛下检校为称职与否，若不称职，臣受其罪。"既检校，皆得人，乃释允。及出为镇北将军也，喜谓其妇曰："吾其免矣！"妇曰："祸见于此，何免之有？"允与夏侯玄、李丰善，事未发而以他事见收，竟如妇言。允之收也，门生奔告其妇，妇坐机上，神色不变，曰："早知尔耳。"门生欲藏其子，妇曰："无预诸儿事。"乃移居墓所。大将军遣钟会视之，曰："及父便收。"儿以语母，母曰："汝等虽佳，才具不多，率胸怀与会语，便自无忧，不须极哀，会止便止，不可数问朝事。"儿从之。大将军最猜忌，二子卒免于祸者，母之谋也。

【译文】

曹魏时人许允任吏部主事之时，所选郡守大多是他的同乡故里，魏明帝听说之后，就派遣虎贲军前来捉拿他。他的妻子阮氏光着脚出来，就对他说："明王可用道理说服，难以用情感乞求。"明帝到来以后，当即质问许允，许允回答说："朝廷规定在选拔任用官员时，要推举所熟知的人，为臣的同乡故里，就是臣所熟知的人，陛下可以派人考察他们是否合格称职，如不称职，我愿意领罪受罚。"经过检验，所举全都称职，许允终得释放。随即许允又担任镇北将军，一次高兴地对他的妻子说："我终于摆脱了危险。"他的妻子说："大祸就在眼前，哪有免祸之说？"原来许允和夏侯玄、李丰关系亲密，而他们的谋逆之事尚未发生以前，许允即以其他的事情被捕入狱，果然像他妻子说的那样。当许允被捕之时，他的门生当即跑来告知，这位妇人当时正坐在织机之上，只见她不动声色地说："我早就料到了。"门生们想把许允的儿子隐藏起来，妇人说："此事和儿子无关。"于是便把儿子移居墓地。大将军派钟会前来巡视后说："如果谈到他的父亲便予逮捕。"他的儿子将此话告知母亲，许氏说："你们虽然都很不错，但才能不高。要放弃顾虑和钟会谈话，便没有危险。不必过于悲哀，钟会到来以后当即停止，不要多问朝廷政事。"儿子们照着做了。大将军最为猜忌，但许允二子却逃过了灾祸，这都是多亏了母亲的计谋。

太祖姊

【原文】

宋太祖将北征，京师喧言“军中欲立点检为天子”。太祖告家人曰：“外间讻讻如此，将若之何？”太祖姊方在厨，引面杖击太祖，逐之曰：“丈夫临大事，可否当自决于怀，乃来家间恐怖妇女，何为耶？”太祖嘿而出。

【译文】

宋太祖在即将北征之时，京城中流传着“军中要立点检为天子”的言论。太祖把这件事告诉家里人说：“外面吵嚷哄传成这样，这该如何是好呢？”太祖的姐姐正好在厨房里，她拿了擀面杖来打太祖，边追打边问：“大丈夫遇到大事，是不是应该自己拿主意解决，你却来家里说这事让妇女也听，让她们很害怕而为此担心，这是什么意思？”太祖默不作声地走出了家门。

刘太妃

【原文】

太妃刘氏，晋王克用妻也。克用追黄巢，还军过梁，朱温阳为欢宴，阴伏兵，夜半攻之。克用逃归，即议击温。刘谏曰：“公本为国讨贼，今梁事未暴，而遽反兵相攻，天下闻之，莫分曲直。不若敛军还镇，自诉于朝，然后可声罪也。”克用悟，从之，天下于是皆直温。

【译文】

太妃刘氏，是晋王李克用的妻子。唐朝末年，李克用奉命追剿黄巢，得胜归来经过汴州，朱温假意盛宴招待李克用，暗中却埋伏军队，在深夜突然出动想杀死李克用。李克用逃回自己的营区后，就准备用武力讨伐朱温。刘氏谏劝说：“您本来是为国家讨伐黄贼的，现在汴州的事情还没有被外人知道，如果您急忙调兵与朱温相互攻打，那么，天下的人听说后，没有人能分辨出是非曲直。不如收兵回营，亲自向朝廷申诉，然后再声讨朱温的罪行。”李克用听后大悟，依照刘氏的话去做，于是天下人都指责朱温。

【原文】

太原被围，克用屡败，忧窘不知所为。时大将李存信劝且亡人北边，以图后举。克用以语刘，刘骂曰：“存信代北牧羊奴，何足与计成败！公尝笑王行瑜弃邠州走，卒为人擒，今乃躬蹈之耶？昔公亡走鞑靼，几不能自脱，赖天下多故，乃得南归。今屡败之兵，人无固志，一失守，谁复从公者？北边其可至乎？”克用悟，乃止。

【译文】

太原被敌军围住，李克用多次出兵都失败了，他为此十分担忧，不知该如何是好。当时大将李存信劝李克用暂且逃往北方，日后再图谋反攻。李克用把李存信的建议告诉刘太妃，刘太妃骂道：“李存信就是一个给北方人牧羊的奴才，他哪有资格计议事情的成败！你曾讥笑王行瑜放弃邠州逃跑，最终被人抓住的事，今天您为什么要重蹈覆辙呢？从前你曾逃亡到鞑靼，几乎不能脱身，幸好天下纷扰多事，这才有了南归的机会。现在，作为屡次战败的军队，士兵没有坚定的志向，一旦失去号召力，还有谁跟随您呢？北方又怎么能去呢？”这番话使李克用醒悟过来，于是他也决定不再去北方。

苻坚妻

【原文】

坚妻张氏，明辨，有才识。坚将寇晋，群臣切谏不从。张氏进曰：“妾闻圣王御天下，莫不因其性而巻之。汤、武灭夏、商，因民欲也。是以有因成，无因败。今朝臣上下皆言不可，陛下复何所因乎？术士有言：‘鸡夜鸣者，不利行师；犬群嗥者，宅室必空；兵动马惊，军败不归。’秋冬以来，每夜犬嗥鸡鸣，又闻厩马惊逸，武库兵器无故作声。即天道崇远，非妾所知，遽斯人事，未见其可。愿陛下熟思之。”坚曰：“军旅之事，岂妇人所知？”遂兴兵，张氏请从。坚败，氏即自杀。

【译文】

苻坚的妻子张氏，善于明辨是非，才识出众。苻坚准备攻打敌寇东晋，群臣纷纷劝谏阻止，但都被苻坚拒绝。张氏进谏说：“臣妾听说圣王统治天下，没有不顺应形势变化而使社会顺畅的。商汤灭夏和武王灭商，都是顺从了民意。所以有了依靠才能成功，没有依靠就会失败。如今朝廷大臣都说晋朝不宜讨伐，陛下拒绝他们又有什么理由呢？术士曾说：‘鸡夜晚鸣叫，不利出师；狗成群吠，家室必空；兵士行动而战马惊恐，军败不归。’今年秋冬以来，每晚犬吠鸡鸣，又听到厩马惊跑，武库兵器无故有声。天道崇高远大，不是我所知道的，但根据人事推测，看不到出兵的可能性。愿陛下深思熟虑，三思后行。”苻坚说：“行军打仗的事情，难道是妇人所能知道的吗？”于是便决然发兵，张氏请求一同前行。苻坚果然兵败，张氏随即也自杀了。

李景让母

【原文】

唐李景让母郑氏，性严明。景让宦达，发已斑白，小有过，不免捶楚。其为浙西观察使，有牙将逆意，杖之而毙，军中愤怒，将为变。母闻之，出坐厅事，立景让于庭而责之曰："天子付汝以方面，岂得以国家刑法为喜怒之资，而妄杀无罪！万一致一方不宁，岂惟上负朝廷，使垂老之母含羞入地，何以见汝之先人哉！"命左右褫其衣，将挞其背。将佐皆为之请，良久乃释，军中遂安。

【译文】

唐朝李景让的母亲郑氏，性格严谨深明大义。虽然李景让仕途显达，但头发也已斑白了，如果犯了小小的错误，仍不免遭到母亲的鞭打。李景让出任浙西观察使时，有位副将没有按他的意愿办事，他就命人将他用杖打死，结果引起了士兵们的气愤，想发动兵变。李母听说此事后，就来到官府的厅堂坐下，要李景让站在堂下，责备他说："天子交付你独当一面，你怎能以个人的喜怒而随意动用国家的刑法，乱杀无罪之人呢！万一因此而导致地方的动乱，你岂不是既辜负了朝廷的厚恩，又使垂暮之年的母亲我含羞而死，我又有何面目去见你地下的祖先呢！"于是郑氏命左右剥去儿子的上衣，要鞭打他的脊背。将领们都帮他向李母求情，李母坚持了许久，才答应把他放了，军中于是安定下来。

孟昶妻

【原文】

孟昶妻周氏，昶弟𫖮妻又其从妹也，二家并丰财产。初，桓玄尝推重昶，而刘迈毁之，昶深自惋失。及刘裕将建义，与昶定谋，昶欲尽散财物以充军粮。其妻非常妇，可语大事，乃谓曰："刘迈毁我于桓公，便是一生沦陷，决当作贼。卿幸可早尔离绝，脱得富贵，相迎不晚。"周氏曰："君父母在堂，欲建非常之谋，岂妇人所谏！事之不成，当于奚官中奉养大家，义无归志也。"昶怆然久之而起。周氏追昶坐云："观君举厝，非谋及妇人者，不过欲得财物耳。"因指怀中所生女曰："此而可卖，亦当不惜，况资财乎！”遂倾资给之，而托以他用。及将举事，周氏谓**颢**妻云：“吾昨梦殊恶，门内宜浣濯沐浴以除之，且不宜赤色，当悉取作七日藏厌。”**颢**妻信之，所有绛色者，悉敛以付焉。乃置帐中，潜自剔绵，以绛与昶，遂得数十人被服赫然，悉周氏所出，而家人不之知也。

【译文】

孟昶的妻子是周氏，孟昶的弟弟孟颢的妻子是周氏的堂妹，两家的财产都很丰厚。当初桓公曾经十分看重孟昶，但由于刘迈的诋毁，孟昶由此失宠，为此十分怅恨。到刘裕要发动政变的时候，与孟昶商议谋划，孟昶想要把财物全部拿出来补充军粮。他的妻子不是个平常的妇人，可以和她商量大事，孟昶就对她说：“刘迈向桓公毁谤我，我于是一生沉沦，我决定反叛为寇。你幸而可以早些离开，如果我侥幸得到富贵，再接你回来也不晚。”周氏说：“你的父母还在，你却想谋逆，哪能是妇人所能劝阻的事！事情要是不成功，我应当入官府为仆以侍奉婆母大人，绝没有回娘家的企望！”孟昶惆怅了很久才起身走。周氏追上孟昶的坐骑说：“看来你的举动，不是顾及妻儿老小，只不过想得到财物罢了。”于是指着怀中的亲生女儿说：“就算这孩子可以卖掉，我也不会可惜，更何况不过是钱财呢？”周氏便把钱全都给了孟昶，而且连同其他物品也给了他。到即将发动政变时，周氏对孟颢的妻子说：“我昨夜做的梦非常不好，屋门内应该洒扫擦洗以便消除晦气，而且不能有红色，应当把红色的东西全部拿走，七天以后才可以拿出来消灾。”孟颢的妻子相信了她的话，把所有红色的东西都收起来悉数交给她。周氏就把那些东西都放在帐中，自己偷偷挑出丝绵缝制成红色衣服交给孟昶，于是有了几十个人身上的衣服，鲜红触目。这都是周氏一人做的事，家里人对此事却一无所知。

冼氏

【原文】

高凉冼氏，世为蛮酋，部落十余万家。有女，多筹略，罗州刺史冯融聘以为子宝妇。融虽世为方伯，非其土人，号令不行。冼氏约束本宗，使从民礼；参决词讼，犯者虽亲不赦。由是冯氏得行其政。高州刺史李迁仕遣使召宝。宝欲往，冼氏止之曰：“刺史被召援台乃称有疾，铸兵聚众而后召君，此必欲质君以发君之兵也，愿且勿往，以观其变。”数日，迁仕果反，遣主帅杜平虏将兵通南康，陈霸先使周文育击之。冼氏谓宝曰：“平虏今与官军相拒，势不得还，迁仕在州，无能为也，君若自往，必有战斗，宜遣使卑词厚礼，告之曰：‘身未敢出，欲遣妇参。’彼必喜而无备。我将千余人步担杂物，昌言输赕，得至栅下，破之必矣。”宝从之。迁仕果不设备，冼氏袭击，破走之，与霸先会于赣石。还谓宝曰：“陈都督非常人也，甚得众心，必能平贼，宜厚资之。”及宝卒，岭表大乱，夫人怀集百粤，数州宴然，共奉夫人为“圣母”。

【译文】

南北朝时，高凉地区的冼氏家族世代都是蛮人酋长，统领整个部落的十万多户人家。冼氏有个女儿，足智多谋，被罗州刺史冯融聘为儿子冯宝的夫人。冯融虽然身为刺史，但因为不是土著，所以政令难以得到推行。冼氏入门后就对本族的人进行限制管束，使他们遵从百姓应该遵守的礼仪；所有参与判决诉讼案件，犯法人即使是亲戚也决不宽恕。因此冯氏的政务得以顺利推行。有一次，高州刺史李迁仕派使者来请冯宝。冯宝正准备前往，冼氏阻止他说："朝廷下诏让李刺史救援台城（当时台城被围），他却声称有病，现在他铸造了兵器、聚集了军队之后请你去，这一定是想要扣押你作为人质，强迫征调你的兵力前往台城，你暂且不要去，待看清事态的变化之后再作决定。"几天后，李迁仕果然反叛朝廷，并派主帅杜平虏率兵进逼南康郡，陈霸先派周文育迎战。冼氏对冯宝说："杜平虏现在与官军彼此对抗，看情形是不会回来了，而李迁仕在高州也无能为力。你如果亲自前往高州，必然会发生争战，应该派个使者带着厚礼，并谦卑地告诉他说：'本人不敢自己前往，打算让夫人前去拜见。'他听后一定很高兴而松懈防备。我就率领一千多人徒步担些杂物前去，扬言是给他送去财物表示赎罪，等来到他营前再突然袭击，这样就可以把他打败。"冯宝照妻子的计谋去做。李迁仕果然不加防备，遭冼氏袭击后逃走，冼氏与陈霸先在赣石相遇会合。冼氏回家后对冯宝说："陈都督非同寻常，又深得人心，必能平定乱贼，我们应当全力资助他。"

冯宝去世后，岭南地区又发生大乱，冼氏对百粤各族进行了安抚，许多州郡又得以恢复平静，她也被当地各族百姓共同尊称为"圣母"。

【原文】

隋文帝时，番州总管赵讷贪虐，诸狸獠多叛，夫人遣长史上封事，论安抚之宜，并言讷罪状。上置讷于法，敕夫人招慰亡叛。夫人亲载诏书，自称使者，历十余州，宣述上意，所至皆降。及卒，谥"诚敬夫人"。

【译文】

隋文帝时，时任番州总管的赵讷贪财暴虐，引起诸多少数民族纷纷反叛，冼夫人就让长史上书文帝，论述安抚部族的事宜，并列举赵讷的种种罪状。文帝将赵讷治罪法办，特命冼夫人招托宣慰逃亡和叛变的地方官员。冼夫人亲自带着皇上的诏书，自称是朝廷使者，走访了十多个州郡，宣读讲解皇上招抚的意思，所到的州郡，叛离的人都纷纷归降朝廷。冼夫人去世后，朝廷赠送她"诚敬夫人"的谥号。

王翠翘

【原文】

王翠翘，临淄妓也。初曰马翘儿，能新声，善胡琵琶，以计脱假母，而自徙居海上，更今名。倭寇江南，掠翠翘去。寨主徐海绝爱幸之，尊为夫人，凡一切计画，唯翘指使。乃翘亦阳昵之，实阴幸其败事，冀一归国以老也。会督府遣华老人招海降，海怒，缚老人将杀之。翘谏曰："降不降在君，何与来使事？"亲解其缚，而赠之金，且劳苦之。老人者海上人，翘故识之，而老人亦私觑所谓"王夫人"似翘，不敢泄。归告督府曰："贼未可图也，第所爱幸王夫人者，臣视之有外心，可借以磔贼耳。"督府曰"善！"乃更遣罗中军诣海说，而益市金珠宝玉以阴贿翘。翘日在帐中从容言："大事必不可成，不如降也。江南苦兵久，降且得官，终身共富贵。"海计遂决。督府大整兵，佯称迎逆降，迫海寨。海信翘言不为备。官兵突入。斩海首而生致翘，倭人歼焉。凯旋，督府设大飨于辕门，令翘歌而行酒，诸参佐皆起为寿。督府酒酣心动，降阶与翘戏。夜深，席大乱。明日，悔之，而以翘功高，不忍杀，乃以赐所调永顺酋长。翘去，渡钱塘，叹曰："明山遇我厚，我以国事诱杀之，杀一酋，更属一酋，何面目生乎！"夜半投江死。

【译文】

王翠翘原本是临淄城中的一名歌妓。她最先叫马翘儿，善于唱歌，又擅长弹琵琶。曾用计谋脱离了鸨母，独自一人居住在海上，改名王翠翘。倭寇在江南肆虐，将翠翘抢夺而去，献给了寨主徐海。徐海非常宠爱她，尊她为夫人，无论大事小事，都听任翠翘安排。翠翘表面也假装亲昵，其实暗中却希望徐海早早失败，自己能及早回到家中，终此一生。有一天，督府派华老人前来说降徐海，徐海大怒，便将老人捆绑起来，准备杀死。

翠翘劝阻说："降不降在君，这和使者有何关系？"说完便亲自给老人解去绳索，还赠送金银慰劳后放其返回。华老人也家居海上，翠翘原已认识，华老人内心悄悄看这位王氏夫人像王翠翘，但又不敢说破。回到府衙以后，老人对督府说道："盗贼徐海顽固不化，不能说降，但他所宠爱的王氏夫人却似存受降的外心，可派人请她砍杀此贼。"督府答道："此计甚好！"于是便派罗中军再次前来说降徐海，但暗中却给翠翘赠送了很多金银珠宝。于是翠翘便每天来到帐中，劝徐海说大事必不会成功，不如早早归降。江南人民陷入战乱已经很久了，只要投降以后，就可以得到官职，终身共享荣华富贵。徐海于是决定归降。督府在这边却调遣军队，假称前去迎降，率兵逼近了徐海山寨。徐海相信了翠翘的话而并无防备，官兵趁机冲入寨内，杀了徐海而俘获了翠翘，将其他倭寇全部杀死。凯旋后，督府在辕门设宴庆功，令翠翘唱歌助酒，诸位参军、将佐都上前祝贺。督府开怀畅饮对她动了心事，随即走下台阶，调戏翠翘。这时已是夜深人静，席面大乱，杯盘狼藉。第二天，督府又对翠翘心生恨意，但又因为她功劳很大，不想杀死她，于是便把她赐给了调遣而来的永顺酋长。翠翘被带去以后，途经钱塘之时，叹息地说："徐海待我极厚，我以国事为重，将他诱杀。但杀了一酋长，又归于另一酋长，我还有什么脸面活着？"于是在半夜时分，投江而死。

木兰等

【原文】

秦发卒戍边，女子木兰悯父年老，代之行。在边十二年始归，人无知者。

韩氏，保宁民家女也。明玉珍乱蜀，女恐为所掠，乃易男子饰，托名从军。调征云南，往返七年，人无知者，虽同伍亦莫觉也。后遇其叔，一见惊异，乃明是女，携归四川。当时皆呼为“贞女”。

黄善聪，应天淮清桥民家女，年十二失母。其姊已适人，独父业贩线香。怜善聪孤幼，无所寄养，乃令为男子装饰，携之旅游庐、凤间者数年。父亦死，善聪即诡姓名曰张胜，仍习其业自活，同辈有李英者，亦贩香，自金陵来，不知其女也，约为伙伴。同寝食者逾年，恒称有疾，不解衣袜，夜乃溲溺。弘治辛亥正月，与英皆返南京，已年二十矣。巾帽往见其姊，乃以姊称之。姊言：“我初无弟，安得来此？”善聪乃笑曰：“弟即善聪也！”泣语其故。姊大怒，且詈之曰：“男女乱群，玷辱我家甚矣！汝虽自明，谁则信之！”因逐不纳。善聪不胜愤懑，泣且誓曰：“妹此身苟污，有死而已！须令明白以表寸心！”其邻即稳婆居，姊聊呼验之，乃果处子，始相持恸哭，手为易去男装。越日，英来候，再约同往，则善聪出见，忽为女子矣。英大惊骇，向知其故，怏怏而归，如有所失，盖恨其往事之愚也。乃告其母，母亦嗟叹不已。时英犹未室，母贤之，即为求婚。善聪不从，曰：“妾竟归英，保人无疑乎？”交亲邻里来劝，则涕泗横流，所执益坚。众口喧传，以为奇事。厂卫闻之，乃助其聘礼，判为夫妇。

【译文】

前秦征召士兵去戍守边疆，有个女子叫木兰，怜恤父亲年老，于是女扮男装代替父亲从军。她守卫边疆十二年，却没有一个人知道她是女子。

韩氏，是保宁县一户农家的女儿。明玉珍在蜀作乱时，韩氏恐怕被乱贼掠去，于是就改扮男子装饰，改换姓名从军。她被调去出征云南，往返七年，没人知道她是女子，即使是同在队伍中的人也没有发觉。后来遇到她的叔父，一看见她十分惊讶，这才将她的事情说破，把她带回四川。当地人称她为“贞女”。

黄善聪，是应天府淮清桥一户农家的女儿，十二岁时便失去母亲。她的姐姐已经嫁人，只有靠父亲卖线香为生。父亲可怜善聪孤独年幼，没有地方托人抚养，就将她女扮男装，带她漂泊在庐州、凤阳之间好几年。之后父亲也死了。善聪便谎称自己名叫张胜，仍旧承袭父业自己谋生。有一个叫李英的同辈人，也靠卖香为生，也来自金陵，却不知道张胜是女子，约她做伙伴。两人同吃同住一年多，张胜总是说自己有病，不脱衣袜，夜间偷着解小便。弘治辛亥年正月，张胜与李英都回到南京时，她已经二十岁了。她身穿男子衣帽去见姐姐，见面就称呼姐姐。她姐姐说："我本来没有弟弟，你到底从哪里来？"善聪于是笑道："弟弟我就是善聪啊！"她哭泣着说了事情的经过。姐姐大怒，并且骂她道："男女混住在一起，太玷辱我家的门面了！你虽然自称清白，谁又会相信啊！"于是赶她出去，不接受她。善聪不胜愤怒，哭泣着发誓说："妹妹的身体如果被玷污，死就罢了！但是一定要让你知道我是清白的！"姐姐的邻家就住着一个接生婆，姐姐姑且叫她来检验，结果妹妹真是处女，姐妹二人这才相拥痛哭起来，姐姐亲手为妹妹换下男装。过了一天，李英来找善聪，约她再一同去卖香，于是善聪出来相见，她已变成了一个女子。李英大惊，听善聪把事情原委讲清之后，李英闷闷不乐地回去了，若有所失，悔恨他过去愚蠢。李英把事情告诉母亲，母亲也感叹不已。当时李英还没有娶妻，他母亲认为善聪贤良，便代李英向善聪求婚。善聪不同意，说："我最终还是嫁给李英的话，能保得住别人不怀疑我的清白吗？"亲戚邻居都来劝说她，她便泪流满面，态度更加坚定。众人把这事哄传开去，人们都认为这是件奇事。官府听说这事后，便帮助李英下聘礼，将李英和黄善聪二人判为夫妇。

杂智部

总叙

【原文】

冯子曰：智何以名杂也？以其黠而狡，慧而小也。正智无取于狡，而正智或反为狡者困；大智无取于小，而大智或反为小者败。破其狡，则正者胜矣，识其小，则大者又胜矣。况狡而归之于正，未始非正，小而充之于大，未始不大乎！一饧也，夷以娱老，跖以脂户，是故狡可正，而正可狡也。一不龟手也，或以战胜封，或不免于洴澼，是故大可小，而小可大也。杂智具，而天下无余智矣。难之者曰："大智若愚，是不有余智乎？"吾应之曰："正惟无余智，乃可以有余智。太山而却撮土，河海而辞涓流，则亦不成其为太山河海矣。"鸡鸣狗盗，卒免孟尝为薛上客，顾用之何如耳。吾又安知古人之所谓正且大者，不反为不善用智者之贼乎？是故以杂智终其篇焉。得其智，化其杂也可；略其杂，采其智也可。

【译文】

冯梦龙说：智为什么可以称之为"杂智"？这指的是那些狡诈、卑小的智慧。纯正的智慧不应该是狡诈的，但是纯正的智慧常常被狡诈者所困扰；大的智慧不应该是卑小的，但大的智慧常常被卑小者欺侮。只有破除狡诈，纯正的智慧才能取胜；认识卑小，大的智慧才能取胜。何况狡诈发展变为纯正，未曾不是纯正的智慧；卑小而变为大智，未曾不是大的智慧！同样是一块饧，伯夷是用来给老人吃，以使他们快乐，而盗跖则用来润滑门枢，以便偷盗时没有声响，因此说狡诈可以变为纯正的智慧，纯正的智慧可变为狡诈。一双不怕皲裂的手，可以有助于在战争中取胜受封赏，也可以不惧怕在水中漂洗棉絮，所以说正大的智慧也可以变成卑小的智慧，卑小的智慧也可以成为正大的智慧。所以说具备了“杂智”则天下就没有其他的智慧了。有人辩驳说：“对于那些大智若愚者，是不是也算一种其他的智慧呢？”我回答说：“纯正的智慧中没有其他的智慧，但也可以包括其他的智慧。就好像泰山不会拒绝小的一撮土，河海不会拒绝一涓小溪，如果拒绝就不能使它们成为泰山和河海了。”因此即使用鸡鸣狗盗的小伎俩，也能够成为孟尝君的座上客，而且可以将孟尝君从暴秦的手中拯救出来。主要看你是如何运用这些智慧。我们又怎么知道古人所说的正大的智慧，不会成为不善于利用智慧的人的祸害呢？所以我以“杂智”作为全书的最后一篇。得到智慧，化去那些杂事是可以的；略去那些杂事，采其智慧也可以。

吕不韦

【原文】

秦太子妃曰华阳夫人，无子，夏姬生子异人，质于赵。秦数伐赵，赵不礼之，困不得意。阳翟大贾吕不韦适邯郸，见之曰：“此奇货可居。”乃说之曰：“太子爱华阳夫人而无子，子之兄弟二十余人，子居中，不甚见幸，不得争立。不韦请以千金为子西游，立子为嗣。”异人曰：“必如君策，秦国与子共之。”不韦乃厚赀西见夫人姊，而以献于夫人，因誉异人贤孝，日夜泣思太子及夫人。不韦因使其姊说曰：“夫人爱而无子，异人贤，自知中子不得为适。诚以此时拔之，是异人无国而有国，夫人无子而有子也，则终身有宠于秦矣。”夫人以为然，遂与太子约以为嗣，使不韦还报异人。异人变服逃归，更名楚。不韦娶邯郸姬绝美者与居，知其有娠。异人见而请之，不韦佯怒，既而献之。期年而生子政，嗣楚立，是为始皇。

【译文】

秦太子宠妃叫华阳夫人，没有生下儿子，而夏姬生有一个儿子叫异人，在赵国做人质。因为秦国多次发兵攻赵，所以赵国对异人不以礼待之，异人生活也处处不如意。阳翟的大商人吕不韦来到赵都邯郸以后，见到异人说："这简直是'奇货'可居啊。"便对异人说道："太子宠爱华阳夫人，但夫人却没有儿子。你在二十多个儿子中排在中间，不能得宠，也不能竞争太子地位。不韦我想用千两黄金为你游说，争取把你立为嗣。"异人说："如果我能被立为太子，秦国就由你我二人共同执掌。"于是吕不韦到达秦国以后，给华阳夫人的姐姐很多金钱，让其转给夫人，并极力夸奖异人的贤能，并说异人日夜啼哭，十分思念太子和夫人。另外，他还让华阳夫人的姐姐转告华阳夫人说："夫人虽受宠爱却没有儿子，而异人贤能有才，自知排行中间，不得为嗣。如果能在此时把他提拔为太子的话，异人就会由无国而变为有国，夫人也会由无子而变为有子，终身可以在秦得宠。"夫人认为此话很有道理，便和太子约定，将异人立以为嗣，并让不韦回去转告异人。异人听到这一消息后，立即化装从赵国潜逃回秦国，改名子楚。不韦曾在邯郸娶了一位绝色女子为妾，与之同居，并知道她已身怀有孕。异人看到这位女姬后，便请求吕不韦将此女送给他，不韦假装愤怒，不久又把女姬送给了异人。一年过后，女姬生下一子，取名嬴政。后又被子楚立为太子，这就是后来的秦始皇。

高欢

【原文】

欢计图尔朱兆，阴收众心，乃诈为兆书，将以六镇人配契胡为部曲，众遂愁怨。又伪为并州符，征兵讨步落稽，发万人。将遣之，而故令孙腾、尉景为请留五日，如此者再。欢亲送之郊，雪涕执别，于是众皆号哭，声动地。欢乃谕之曰："与尔俱失乡客，义同一家，不意乃尔！令直向西，当死；后军期，又当死；配胡人，又当死。奈何？"众曰："唯有反耳！"欢曰："反是急计，须推一人为主。"众愿奉欢。欢曰："尔等皆乡甲，难制，虽百万众，无法终灰灭。今须与前异，不得欺汉儿，不得犯军令，否者，吾不能取笑天下！"众皆顿首："生死唯命！"于是明日遂椎牛飨士，攻邺，破之。

【译文】

高欢打算诛杀尔朱兆，便暗中收买人心，并伪造尔朱兆的书信，说要把六镇镇兵发配给契丹胡族人当部属，于是镇兵起了怨恨之心。又伪造并州符文，将要征发镇兵讨伐步落稽，首批定为万人。即将启程，又让部将孙腾、尉景替他们乞求暂留五日，后又多次奏请暂留。当不可再留之时，高欢便亲自把这万名镇兵送至郊外，挥泪作别。于是兵士们都号哭不已，震动了天地。高欢便劝说道："我和你们都是远离故乡异居他方的人，情同一家，想不到今日分别。要是我们一同西行，当死无疑；耽误军期，又必定处死；发配给胡人，也不能活命。你们说应该怎么办呢？"众人都说："只有造反！"高欢接着说道："造反是应急的办法，必须推举一个人作为首领。"大家恭敬地推举高欢。高欢便说："你们都是我的乡亲故里，难以管理。即使百万之众要是没有法令制度，终将失败。今天必须与前不同，不能欺侮汉人，不得违犯军令，否则，我不会当这个统领，让天下人耻笑！"众人都俯身叩头说："生与死唯你是听。"于是第二天便宰牛犒赏将士，接着就占领了邺城，赶走了尔朱氏。

曹操

【原文】

魏武常行军，廪谷不足，私召主者问："如何？"主者曰："可行小斛足之。"曹公曰："善！"后军中言曹公欺众，公谓主者曰："借汝一物，以厌众心。"乃斩之，取首题徇曰："行小斛，盗官谷"。军心遂定。

曹公尝云："我眠中不可妄近，近便斫人，亦不自觉，左右宜深慎。"一日，阳眠，所幸一人窃以被覆之，因便斫杀，复卧。既觉，问："谁杀我侍者？"自是每眠人不敢近。

魏武言人欲危己，己辄心动，因语所亲小人曰："汝怀刃密来我侧，我必说心动，执汝使行刑，汝但勿言，保无他故，当厚相报。"亲者信焉，不以为惧，遂斩之。此人至此不知也。左右以为实，谋逆者挫气矣。

操少时，尝与袁绍观人新婚，因潜入主人园中，夜叫呼云："有偷儿贼！"青庐中人皆出观，操乃入，抽刃劫新妇。与绍还出。失道，坠枳棘中，绍不能得动，操复大叫云："偷儿在此！"绍惶迫，自掷出，遂以俱免。

【译文】

曹操在一次行军途中，军粮短缺，他便私下把主管粮饷的官员召来，问："怎么办？"粮饷官说："如果用小斛来下发军粮就足够了。"曹操说："对！"后来兵士们都说曹公欺骗大家，曹操便对粮饷官说："借你一件东西，来平息愤怒。"于是便杀了这位官员，并在他的首级上写了六个字："行小斛，盗军粮。"于是军心就安定下来。

曹操曾说："在我睡觉之时，任何人都不要靠近我，靠近我就要杀人，这并不是有意如此，你们左右人等一定要多加小心。"有一天，他假装睡熟，他所亲信的人悄悄地给他去盖被子，曹操突然起身杀了此人，又重新入睡。当他醒来以后，又假装问："是谁把侍者杀了？"从此以后，每当曹操入睡以后，任何人都不敢接近他。

曹操

曹操曾说如果有人要行刺他，他的心就会有直觉，接着他便对他所亲近的一位侍者说："你怀藏利刃，偷偷来到我的身边，我就说我心里已将你逮捕行刑，只是你不说话，保证没有任何危险，以后我还会重重赏你。"这位亲信深信不疑，毫无畏惧地执刃而来，曹操当即派人将他斩首。此人到死都不知自己是为什么而死。但左右之人都信以为真，把谋反者的杀气也给挫败了。

曹操年少时，曾经和袁绍看别人娶亲，并藏在人家的菜园之中，夜晚时分大声叫道："快来抓贼！"洞房中的人们都出门观看，曹操便进入新房，抽刀劫持新娘，与袁绍一起返回。不料出门时由于天黑找不到回路，以致跌入荆棘丛中。袁绍无法动弹，曹操又大喊道："盗贼在这里呢！"袁绍情急之中，奋身跃出，于是两个人得以脱身逃走。

严嵩

【原文】

伊庶人为王时，以残暴历见纠于台使者，迫则行十万余金于嵩，得小缓。及嵩败家居，则遣军卒十辈造嵩家，胁偿金。嵩置酒款之，而好语曰："所惠金十万实无之，仅得半耳，而又半费，请以二万金偿。"因尽以上所赐金有印识者予之。即去而闻于郡曰："有江盗劫吾家二万金去矣，速掩之，可获也！"郡发卒追得金，悉捕军卒，下狱论死。

【译文】

在明代，伊庶人为王时，因为凶残暴戾多次遭到御史台的弹劾，情况紧急时就派人送十万两银子贿赂严嵩，这时才使罪名稍减。等到严嵩被罢黜为平民后，伊庶人就派十名军士到严嵩家，逼迫严嵩偿还这笔钱。严嵩设了酒宴款待军士，并且好言求说："他实际上并没有给我十万两银子，我实际上只得了五万两，而且其中的一半又拿去打通关节，请准许我偿还二万两。"于是他就把皇帝所赐的有印章标志的银子全部交给军士。军士离去后，严嵩当即向郡府报案说："有江洋大盗抢劫我家，共有二万两银子丢失，你们赶紧去追捕，一定能俘获他们！”郡守立即派兵追缉，不但追回了被拿走的银子，同时还如数逮捕了十名军士，全部下狱处死。

秦桧

【原文】

秦桧用事，天下贡献先入其门，而次及官家。一日，王夫人常出入禁中，显仁太后言：“近日子鱼大者绝少。”夫人对曰：“妾家有之，当以百尾进。”归告桧，桧咎其失言。明日，进糟青鱼百尾，显仁拊掌笑曰：“我道这婆子村，果然！”

又程厚子山与桧善，为中舍时，一日邀至府第内阁，一室萧然，独案上有紫绫缥一册，写《圣人以日星为纪赋》，尾有“学生类贡进士秦埙呈”，文采艳丽。程兀坐静观，反复成诵，惟酒肴问劳沓至。及晚，桧竟不出，乃退，程莫测也。后数日，差知贡举宣押入院，始大悟，即以此命题。此赋擅场，埙遂首选。

【译文】

秦桧专权的时候，天下州县的贡品都要先送到他家中，然后才送到宫中。有一天，秦桧之妻王夫人到宫中串门，显仁太后说：“近来宫中的大子鱼越来越少了。”王夫人回答说：“我家的大子鱼很多，我送给你一百条。”回家后便把此事告诉了秦桧，秦桧责怪王氏失言。第二天，王夫人便给显仁太后送去了百尾糟青鱼。太后便拍手大笑说：“我常说这婆子土气，果然如此！”

秦桧

另有一事，就是程厚之子程山和秦桧关系十分要好，程山在任中书舍人时，有一次秦桧把他请到家中，当时室内空无一物，只有桌案上摆放的一册紫绫缥，其中所写的都是圣人们以日星为纪的赋文，末尾有“学生类贡进士秦埙呈”等字样，该赋文采艳丽。程山端坐静观，反复吟诵，只见不断有人向阁内送来酒肉并问候着。到了晚上，秦桧竟没有出现在阁里，程山只好退下，心中茫然，不知如何是好。几天以后，程山竟被指派任知贡举之职，并当即宣他入贡院，这时，程山才彻悟秦桧的用意，于是他便以这篇赋文作为策论试题。故所作赋文独占鳌头，秦桧的孙子秦埙也就是第一名。

黠童子

【原文】

一童子随主人宦游，从县中索骑，彼所值甚驽下。望后来人得骏马，驰而来，手握缰绳，佯泣于马上，后来问曰：“何泣也？”曰：“吾马奔逸绝尘，深惧其泛驾而伤我也。”后来以为稚弱可信，意此马更佳，乃下地与之易。童子即得马，策而去，后来人乘马，始悟其欺，追之不及。

【译文】

有一个童子跟随主人游说求官，从县中要来一匹马，但给他的马跑得不快。他望见比他后来的人分到了骏马，奔驰而来，童子便用手握住马缰绳，假装在马上哭泣。后来的人问他说：“你为什么哭呢？”童子说：“我的这匹马跑得太快，我很怕它把我翻下来使我受伤。”后来的人以为童子年幼弱小，可以相信，认为童子的马更好，于是从马上跳下来与童子交换。童子骑上骏马后，策马扬鞭而去。后来人乘上换来的马感觉是匹劣马，这才明白过来被童子骗了，去追赶童子却追不上了。

中华国学经典精粹

智囊

文白对照·图文版

【明】冯梦龙 著
甄仕优 编译

陕西新华出版 三秦出版社

图书在版编目（CIP）数据

智囊 /（明）冯梦龙著；甄仕优编译. — 西安：三秦出版社，2018.5（2023.9重印）

ISBN 978-7-5518-1776-9

Ⅰ. ①智… Ⅱ. ①冯… ②甄… Ⅲ. ①笔记小说－小说集－中国－明代②《智囊》－译文 Ⅳ. ①I242.1

中国版本图书馆CIP数据核字（2018）第016027号

智 囊

［明］冯梦龙 著 甄仕优 编译

出版发行 三秦出版社
社 址 西安市雁塔区曲江新区登高路1388号
电 话 （029）81205236
邮政编码 710061
印 刷 河北鑫兆源印刷有限公司
开 本 850mm × 1168mm 1/32
印 张 4.75
字 数 155千字
版 次 2018年6月第1版
印 次 2024 年 5 月第 3 次印刷
标准书号 ISBN 978-7-5518-1776-9
定 价 28.00元

网 址 http://www.sqcbs.cn